デート・ア・ライブ マテリアル

ファンタジア文庫編集部：編
橘 公司：原作

ファンタ……庫

2303

本文イラスト　つなこ

精霊
THE SPIRIT
隣界に存在する特殊災害指定生命体。発生原因、存在理由ともに不明。
こちらの世界に現れる際、空間震を発生させ、周囲に甚大な被害を及ぼす。
また、その戦闘能力は強大。

対処法1
WAYS OF COPING 1
武力を以てこれを殲滅する。
ただし前述の通り、非常に高い戦闘能力を持つため、達成は困難。

対処法2
WAYS OF COPING 2
——デートして、デレさせる。

デート・ア・ライブ マテリアル

DATE A LIVE MATERIAL

SpiritNo.10
AstralDress-PrincessType Weapon-ThroneType[Sandalphon]

ONTENTS

DATE A LIVE MATERIAL

デート・
ア・キャラクター

DATE A CHARACTER

A CHARA

S P I R I T

夜刀神十香

TOHKA YATOGAMI

識別名〈プリンセス〉

『──おまえも、私を殺しに来たんだろう？』

SpiritNo.10
AstralDress-PrincessType
Weapon-ThroneType[Sandalphon]

総合危険度AAA	
空間震規模B	
霊装AAA	
天使AAA	
STR（力）	230
CON（耐久力）	202
SPI（霊力）	125
AGI（敏捷性）	142
INT（知力）	032

［四月一〇日に士道が出会った精霊。名前がなかったため、士道が名を付けた。命名理由は出会った日が一〇日だから。こちらの世界へ現れるたびにＡＳＴの攻撃を受け続けたことで、人間は全て敵であるという認識をしていた。自分を拒絶する世界に絶望していた中、士道に初めて存在を肯定されたことで心を開き、封印に成功する。］

霊装
Astral Dress

神威霊装・十番（アドナイ・メレク）

堅牢なる鎧と光の膜で構成された公女型霊装。およそ人間の持ちうる物理的暴力では、その裾を裂くことすら叶わない。

天使
Weapon-ThroneType

鏖殺公（サンダルフォン）

巨大な玉座と、その背に収められた剣から成る天使。玉座全てを刀身に組み込んだ【最後の剣（ハルヴァンヘレヴ）】の斬撃は、一撃で大地を両断する。

TOHKA YATOGAMI

TOP SECRET

士道大好き

これまで人間に対し強い不信感しか持っていなかった十香にとって、初めて自分を肯定してくれた士道は特別な存在。名付け親でもある士道に対しては、積極的に好意を示す。ただそれが『恋』という感情なのかはまだ本人にもわかっておらず、どちらかというと犬が飼い主に懐いている感情に近いのかもしれない。

純真無垢

『金子（お金）』や『昼餉（昼食）』といった難しい言葉を使う反面、ブラジャーを付けることや、水着などこの世界の常識には疎く、士道に霊力を封印されて以降、あまり人を疑わない性格に。そのせいで折紙や亜衣、麻衣、美衣に変なことを吹き込まれ、結果として士道が大変な目にあうことが増えた。

ときには心の支えに

普段は士道に甘えっきりの十香。しかし士道が落ち込んだり、悩んだりしているときは敏感に察知し、自分のことのように心配する。最初の頃は、士道が他の精霊に構うことにも難色を示していたが、士道の精霊を救いたいという想いを聞き、協力することに。士道に危機が訪れれば誰よりも早く駆けつける。

橘公司

最初のヒロイン、つまり１巻目の表紙を飾るキャラクターです。シリーズが売れるか否かは十香にかかっていたと言っても過言ではありません。それゆえ、最もデザインに時間がかかったキャラクターとなりました。つなこさんに描いていただいたデザインは実に一〇パターンにも及びます。十香だけに。十香だけに！

つなこ

最初に登場する精霊ということで、光のフリルなど、精霊全体の方向性を決めたキャラです。「プリンセス」のイメージと、強そうな雰囲気を共存させる点に苦労しました。日常ではどんどん朗らかになっていますが、戦闘時には凛とした雰囲気を復活させるようにしています。

SPIRIT
YOSHINO
四糸乃
「いたく、しないで……くださいい……」
識別名〈ハーミット〉
SpiritNo.4
AstralDress-HermitType
Weapon-PuppetType[Zadkiel]
総合危険度B
空間震規模C
霊装B
天使AA
STR（力） 095
CON（耐久力） 082
SPI（霊力） 199
AGI（敏捷性） 212
INT（知力） 152

「五月のある雨の日、士道が出会った精霊。臆病だが心優しい。他人を傷つけないために、左手に持つパペットに『よしのん』という自分とは正反対の陽気な性格の別人格を作っていた。心の支えである『よしのん』をなくしてしまい、暴走してしまったが、自身の命を顧みず『よしのん』を届けにきた士道によって、封印に成功する。」

04

霊装
Astral Dress

神威霊装・四番（エル）

深緑の外套を思わせる隠者型霊装。物理攻撃によって傷がつくことはないが、衝撃や震動を完全に殺すことはできない。

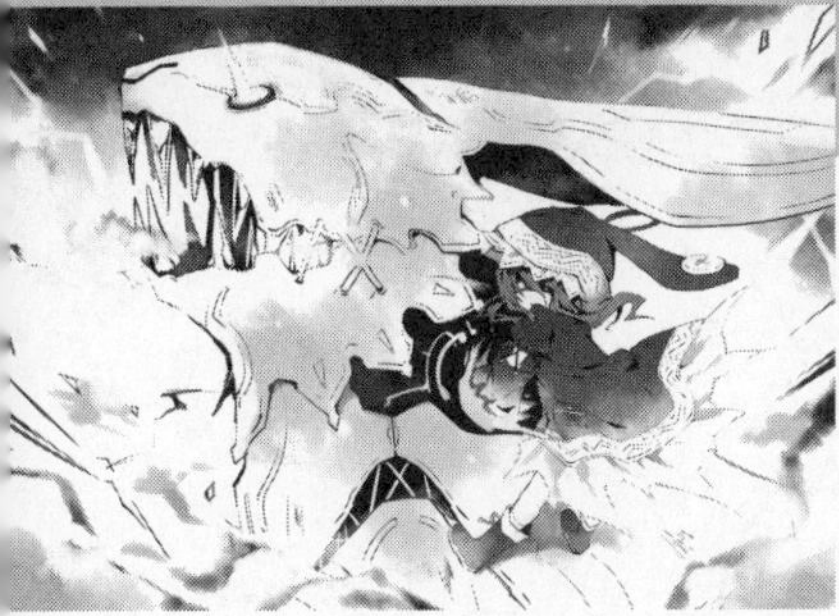

天使
Weapon-PuppetType

氷結傀儡（ザドキエル）

巨大な傀儡の形をした、水と冷気を操る天使。その呼気は雨を呼び、その咆吼はあらゆるものを凍てつかせる。

YOSHINO
TOP SECRET
「また……おうちに、遊びに、行っても……いい、ですか……？」
好きなもの＝可愛い帽子
嫌いなもの＝注目の集まる場所
Height-144cm
Bust-73 / Waist-55 / Hip-78

心のオアシス

積極的で活動的な精霊や、個性的なクラスメイトに囲まれ、トラブルが絶えずプライベートでも気が休まらない士道にとって、大人しく優しい四糸乃は癒やしの対象。『よしのん』をなくしさえしなければ、彼女と一緒にいる時間はリラックスタイム。それは四糸乃にとっても同様らしく、頻繁に士道に会いにくる。

頑張り屋

臆病で人見知りの四糸乃だが、士道との出会いのあと、その性格を変えるため努力中。基本、気持ちを伝える時は『よしのん』に頼っていたが、四糸乃として人前で話せるようになり、大勢の人が集まる場所にも出歩けるようになった。ただし、士道に対して好意を伝える本音の気持ちはまだ『よしのん』に頼ることも多い。

隠れ肉食系？

恥ずかしがり屋でちょっとしたことでも顔を赤らめる四糸乃とは正反対の別人格『よしのん』。男性のツボを心得た提案をしたり、おしおきと称しておしりペンペンをさせようとしてきたりと多少行き過ぎたアプローチを仕掛けてくる。だがそんな『よしのん』も、四糸乃の隠された一面であることを考えるとドキドキが止まらない。

橘公司

僕らのオアシス。デザインは初稿段階からかなり今の形に近かったのですが、カラーリングで担当氏と揉めました。緑ってなんすか。２巻ですよ？　そんな不人気カラーはもっと安定軌道に乗ってから使えばいいじゃな……あれ？　何これかわいいじゃないですか。やっぱり緑で正解でしたね。僕も緑がいいと思ってたんですよ。

つなこ

うさ耳フードとよしのんのシルエットだけでも独特です。「ハーミット（隠者）」なので、ファンシーになりすぎないようにと、コートに緑色をご提案いただきました。自分の引き出しだけでは出てこなかった配色で、キャラにぴったりハマっていると思います。

SPIRIT

時崎狂三

KURUMI TOKISAKI

「わたくし、精霊ですのよ」

識別名〈ナイトメア〉

SpiritNo.3
AstralDress-NightmareType
Weapon-ClockType[Zafkiel]

総合危険度S		
空間震規模C		
霊装C		
天使S		
STR	（力）	109
CON	（耐久力）	80
SPI	（霊力）	220
AGI	（敏捷性）	103
INT	（知力）	201

［六月五日、来禅高校の転校生として士道が出会った精霊。自らの手で一万人以上の人を殺し、最悪の精霊として警戒されている。他の精霊と違い明確な目的を持つ。その目的とは、三〇年前へ行き、最初の精霊を殺して世界を改変すること。士道の説得もむなしく、未だ封印には至っていないが、特別な男性として意識はされている様子。］

霊装
Astral Dress

神威霊装・三番（エロヒム）

血のような赤と影のような黒で構成された霊力のドレス。その禍々しくも優美な様は、甘美なる夢魔の誘惑を思わせる。

天使
Weapon-ClockType

刻々帝（ザフキエル）

巨大な時計と、その針である二挺の銃からなる天使。文字盤のⅠからⅩⅡまでにそれぞれ異なる能力を有している。時を操る強力無比な天使であるが、その能力を発現させる代償として使用者の『時間』を消費する。

KURUMI TOKISAKI

TOP SECRET

男を惑わせる魅力

最悪の精霊と言われている狂三だが、意外に社交性は高く、デートでも士道をからかう余裕を見せ、動揺させるほど。また恥ずかしがりつつも露出度の高い下着を身に着け、色香をアピールしたり、ちょっとしたわがままを言って甘えてきたりと男心をくすぐるテクニックを熟知している。

いろとりどりのわたくし

狂三は天使の力で分身体を作ることができ、違う時間軸の狂三が何人も存在する。分身体は、それぞれ自立した意思を持っており、ときには本体と別の意見を主張したりもする。装いも、医療用の眼帯を着けていたり、全身に包帯を巻きつけていたり、甘ロリだったりと様々。だが、狂三本人はその頃の自分にあまり会いたくないらしい。

世界の運命と戦う少女

7月7日、狂三は士道をデートに誘い、恋人のように甘えてきた。プラネタリウム、ウェディングドレスを着ての記念撮影、そして短冊に込めた願い——。出来損ないの狂三の勝手な行動と狂三本体は吐き捨てた。でももしかしたらそれは、たった一人で世界を変えようとする狂三の少女としての素顔なのかもしれない。

橘公司

黒歴史の結晶体。ゴスロリアシメツインテで左目が時計というキャラを思いついた当時の僕（高二）のテンションたるや。カッコ良すぎて鼻血出そう。ですが、巨大な時計の針が古式銃というのは、この話に合わせて考えた設定です。長針と短針を武器にして文字盤ごとの能力を使うなんて。カッコ良すぎて吐血しそう。

つなこ

設定や指定がとにかく詳細かつ面白かったので、デザインにも気合いが入りました。わたくしたちが沢山いる場面は大変な反面、色んなポーズをさせるのが楽しいです。キャラ本人のイメージカラーは黒ですが、霊装は返り血のイメージで真っ赤です。

SPIRIT

KOTORI ITSUKA

五河琴里

識別名〈イフリート〉

「さあ――私たちの戦争《デート》を始めましょう」

SpiritNo.5
AstralDress-EfreetType
Weapon-HalberdType[Camael]

総合危険度AA		
空間震規模B		
霊装A		
天使AA		
STR	（力）	160
CON	（耐久力）	100
SPI	（霊力）	215
AGI	（敏捷性）	130
INT	（知力）	178

［士道の義妹、中学二年生。〈ラタトスク〉司令官であり、〈フラクシナス〉艦長。五年前、〈ファントム〉に力を授けられ、精霊になる。当時、士道によってすぐ封印されたが、狂三の凶行を止めるため、士道から力を返してもらい再び精霊化。士道は好感度を上げるためデートに誘い、封印に成功する。だが、最初から好感度はマックス状態だった。］

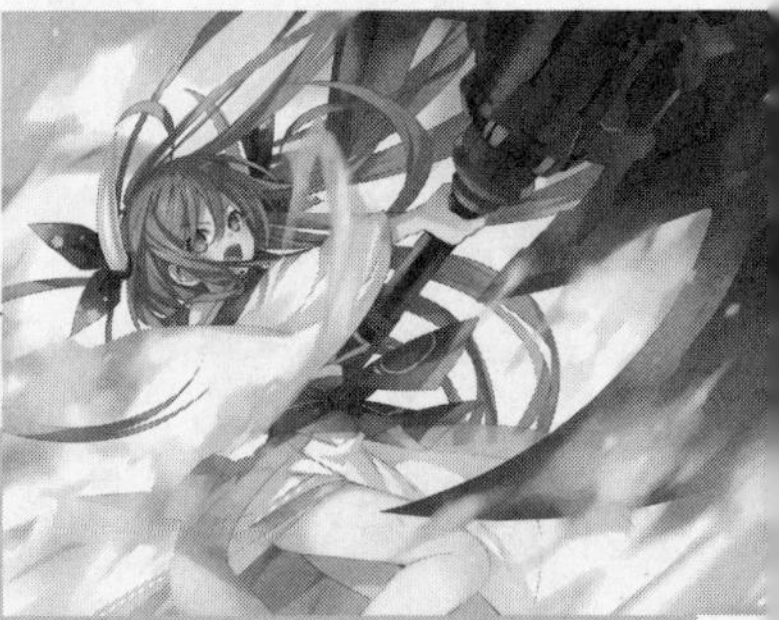

霊装
Astral Dress

神威霊装・五番
(エロヒム・ギボール)

濃密な霊力で編まれた和装のような霊装。強度自体はそれほどでもないが、何度打ち破られようとも炎とともに復活する。

天使
Weapon-HalberdType

灼爛殲鬼（カマエル）

炎の刃を備えた戦斧型の天使。巨大な砲門に姿を変えた【砲（メギド）】から放たれる火焔の砲撃は、直線上に存在するもの全てを焼き尽くし、灰燼と化す。

KOTORI ITSUKA
TOP SECRET
「好き！　私も好きよ！　おにーちゃん大好き！　世界で一番愛してる！」
好きなもの＝チュッパチャプス
嫌いなもの＝怖い話
Height-145cm
Bust-72 / Waist-53 / Hip-74

女王様で無邪気な妹

黒いリボンを付けているときは、強気で毒舌のドＳな性格。白いリボンを付けているときは、年相応で兄を慕う甘えん坊な性格の琴里。五年前、臆病で泣き虫だった琴里は士道から誕生日プレゼントに黒いリボンをもらう。そのリボンを付けているときだけは強い子でいると約束をし、それを守り続け二つの性格を持つことになった。

THE・妹

士道の妹としてのプライドは高く、ベッドの上でのパンチラ、自宅の風呂で一緒に入浴など妹としてのポジション取りには余念がない。妹の座を脅かそうとする実妹、真那や、妹的存在の四糸乃に対し、士道の妹は自分であることを強く主張。妹の座を譲らない姿勢を貫くのかと思いきや、士道と結婚できることをほのめかす。

兄想いな妹

精霊攻略時には〈ラタトスク〉司令官として、不甲斐ない士道に容赦ない罵声を浴びせることも。目的のためには兄さえも道具として扱うような態度を見せる。しかしながら常に士道を心配しており、命令を無視し傷だらけになって帰ってきた士道に抱きつき涙を見せる。危なっかしい士道を護るため、気丈に振る舞い弱い自分と戦っている。

橘公司

軍服を肩掛けにし、煙草代わりにチュッパチャプスをくわえたスタイルは、当時の僕の『カッコいい』でした。霊装は最初、甲冑のイメージでしたが、担当氏がかわいくないと言うので和装風に。ちょっとなんすか。こっちは最初から甲冑で考えてたんで……何これかわいいじゃないですか。やっぱり和装で正解でしたね。僕も和装がいいと（略）。

つなこ

司令官服の胸ポケットのペンは、リス＝ユグドラシルにいるラタトスクです。霊装は唯一和風で、髪も下ろしてイメージがガラリと変わっていますが、ツノにリボンを付けて琴里らしさを出しています。羽衣は、温度の高い炎が青くなるイメージで差し色にしています。

KAGUYA YAMAI
YUZURU YAMAI

八舞耶倶矢
八舞夕弦

識別名〈ベルセルク〉

「さあ——どちらか一方を」
「請願。選んでください。士道」

Spirit No.8
AstralDress-BerserkType
Weapon-BowType[Raphael]

総合危険度AAA		総合危険度AA		
空間震規模AA		空間震規模B		
霊装B		霊装A		
天使AA		天使AA		
STR（力）	180	STR（力）	170	
CON（耐久力）	140	CON（耐久力）	129	
SPI（霊力）	179	SPI（霊力）	185	
AGI（敏捷性）	240	AGI（敏捷性）	240	
INT（知力）	069	INT（知力）	084	

［七月一七日、来禅高校の修学旅行先の或美島で士道が出会った精霊。元々は一人の精霊だったが、幾度目かの現界で二人に分裂した。どちらが真の八舞か決めるため戦いを繰り返してきたが、決着は付かず一〇〇戦目を「士道を『魅力』で落とす」勝負にし、士道を裁定役に任命する。二人が生き残る手段を提案した士道によって、封印に成功する。］

08

霊装（耶倶矢）
Astral Dress

神威霊装・八番
(エロヒム・ツァバオト)

身体を締め付ける拘束具のような霊装。単体の防御力は精霊としては低い。が、常に風を纏いながら高速で移動しているためそもそも攻撃が当たらない。

霊装（夕弦）
Astral Dress

神威霊装・八番
(エロヒム・ツァバオト)

身体を締め付ける拘束具のような霊装。首と手足には錠が付き、まるで二人の力を縛っているかのような様である。耶倶矢のそれとは微妙に形が異なる。

天使（耶倶矢）
Weapon-BowType

颶風騎士
(ラファエル)

風を操る天使。耶倶矢が持つのは隻翼と右手甲、巨大な突撃槍からなる【穿つ者（エル・レエム）】。夕弦の天使と合わさり、巨大な弓矢【天を駆ける者（エル・カナフ）】となる。

天使（夕弦）
Weapon-BowType

颶風騎士
(ラファエル)

風を操る天使。夕弦が持つのは隻翼と左手甲、ペンデュラムからなる【縛める者（エル・ナハシュ）】。耶倶矢の天使と合わさり、巨大な弓矢【天を駆ける者（エル・カナフ）】となる。

KAGUYA YAMAI　YUZURU YAMAI
TOP SECRET
「士道、御主は我と夕弦の共有財産とすることが決定した」
「同意。思うさま愛してあげます」
[耶倶矢]
好きなもの＝格好いいもの
嫌いなもの＝勉強
Height-157cm
Bust-79 / Waist-56 / Hip-81
[夕弦]
好きなもの＝ジャンクフード
嫌いなもの＝騒音
Height-155cm
Bust-90 / Waist-61 / Hip-86

仲良し姉妹

どちらが真の八舞として生き残るか決闘をしていた耶倶矢と夕弦。お互いを生き残らせようとしていたのは、それだけ好きで消えて欲しくなかったから。どちらも消えなくてよいと認められて以降、二人の仲は留まること知らず、よくイチャついている。夕弦が耶倶矢をからかうのは、彼女が輝くのはいじられてこそと知っているからか、単純に耶倶矢をからかうのが好きだからか。

勝負好き

これまで九九戦もの決闘をしてきた耶倶矢と夕弦。戦績は二五勝二五敗四九分けと互角。決闘方法は単純な体力勝負から、ドラマー対決などの特技勝負、さらには闇鍋対決、野球拳などカオスなものまで、多岐にわたる。無論それは互いのためではあったが、ビーチバレーや購買のパン争奪戦などを見ても、負けず嫌いで勝負ごとが好きであることは間違いない。

好きな気持ちは2人分

士道は二人の共有財産という主張をして、どちらか一方が相手を出し抜くようなことはせず、封印されてからも耶倶矢は夕弦を、夕弦は耶倶矢を選んで欲しいという二人。それでも士道にはやっぱり自分を選んで欲しいという気持ちもほのかに芽生え始め……。決着のつかなかった『魅力』勝負の再戦はくるのだろうか。

橘公司

露出度ナンバーワン精霊二人。千切れた鎖や片手足にのみついた鍵は、二人がかつて一つだったことを表しています。ボンデージ+拘束具というイメージに辿り着くまでに結構な紆余曲折がありました。最初はエルフ風や盗賊風も考えていたような。天使も、今の形になる前のプロトタイプでは、馬型と車輪型で戦車（チャリオット）型になるバージョンもありました。

つなこ

髪型自体も違いますが、髪質も耶倶矢の方がちょっとツンツン、夕弦の方がちょっとふわふわで、微妙に差を付けています。新キャラとして登場させた際、差別化のため、制服の着方をそれまでのヒロインとは変えています。

SPIRIT

MIKU IZAYOI

誘宵美九

識別名〈ディーヴァ〉

「一刻も早く消えてくれませんかぁ？
あなたの存在が不快なんですぅ」

Spirit No.9
AstralDress-DivaType
Weapon-OrganType[Gabriel]

総合危険度A		
空間震規模B		
霊装C		
天使AA		
STR	（力）	085
CON	（耐久力）	072
SPI	（霊力）	159
AGI	（敏捷性）	067
INT	（知力）	070

「九月八日、天宮アリーナで士道が出会った精霊。元は普通の人間でアイドルだった。過度なストレスから心因性の失声症になり、絶望していたところ〈ファントム〉の力で精霊になる。女性好きで男性を極度に嫌っている。精霊の力を失うことで自分が無価値な存在になってしまうことを恐れていたが、その恐怖を士道が払拭し、封印に成功する。」

09

霊装
Astral Dress

神威霊装・九番
(シャダイ・エル・カイ)

鮮やかな光を放つ歌姫型霊装。その煌びやかな様は、見る者の目を引き付けて離さない。

天使
Weapon-OrganType

破軍歌姫（ガブリエル）

パイプオルガンのような形をした、音を操る天使。その至上の演奏を耳にした者は、瞬く間に美九に心酔し、身も心も美九に捧げてしまう。また、曲調を変えることにより聞く者の力を引き出したり、音圧を直接敵にぶつけたりすることもできる。

MIKU IZAYOI

T O P　S E C R E T

「ありがとう……ございます、だーりん……大好き……っ！」

好きなもの＝歌
嫌いなもの＝男

Height-165cm
Bust-94 / Waist-63 / Hip-88

アイドル

自分の歌に絶対的な自信を持ち、美しい容姿やライブパフォーマンスも含め、ファンは多い。国民的アイドルになれるスペックがあるにもかかわらず、そこまでになっていなかったのは、基本的にあまり人前に出ず、女性限定のライブなどしか行わなかったため。精霊になる前は宵待月乃という名でアイドル活動していた。

女性大好きな百合属性

精霊となってからは、気に入った女の子がいれば手段を選ばず自分のものにしていた。封印後、多少は収まったものの、士道の周りにいる精霊たちにはすぐに抱きついたり、匂いを嗅いだりと過度なスキンシップを繰り返す。女の子同士の絡みも好物で、その現場を目撃すると「タマリマセンワー」と連呼し、涎を垂らして興奮する。

だーりんは特別

過去のトラウマから極度な男性嫌いとなった美九。男性に触れることはおろか話をすることも拒絶し、最初士道が出会ったときは、話かけただけで好感度がゴキブリ以下に下がった。しかし封印されてからは士道に対してだけはデレッデレで「だーりん」と呼び、抱きついて胸を押しつけてくるなど、全力で好きをアピールし甘えてくるようになった。

橘公司

アイドルキャラということで霊装や天使は比較的早めにイメージができたのですが、本編も六巻ということで思わぬ問題が出てきました。そう、髪型のバリエーションです。結局、姫カットとだけ注文しましたが、つなこさんがいい感じにアレンジしてくれました。髪の両サイドが後ろに流れている感じがお気に入りです。

つなこ

お姉さまとして登場しますが、アイドルなので大人っぽく見えすぎないように気を付けました。アイドル衣装風の霊装は月と百合がモチーフで、夜空に淡く光って映えるようなイメージです。制服はお嬢様学校的なセーラー服です。

SPIRIT NATSUMI

七罪

識別名〈ウィッチ〉

『……見たわね？　あんたの人生、おしまいにしてやるんだから……！』

SpiritNo.7
AstralDress-WitchType
Weapon-BroomType[Haniel]

総合危険度B
空間震規模C
霊装C
天使AA

STR	（力）	079
CON	（耐久力）	065
SPI	（霊力）	180
AGI	（敏捷性）	082
INT	（知力）	174

［一〇月一五日、遊園地の跡地で士道が出会った精霊。大人の姿なのは、素の姿でこちらの世界に現れたとき誰にも相手にされなかったことが原因。変身した自分の理想の姿でなければ誰からも認められないと思っているが、本心では変身していない自分の姿を認めてもらいたいという強い欲求がある。素の自分を認めてくれた士道によって、封印に成功する。］

07

霊装
Astral Dress

神威霊装・七番
（アドナイ・ツァバオト）

随所に装飾が施された魔女型霊装。しかし、七罪の能力によって容姿とともにその形も変化しているため、本当の霊装を見た者は少ない。

天使
Weapon-BroomType

贋造魔女（ハニエル）

中に鏡の仕込まれた箒型の天使。対象を、自分の好きな形に変化させることができる。また、【千変万化鏡（カリドスクーペ）】となれば、他の天使の姿を模し、その力までも振るうことが可能。

NATSUMI

TOP SECRET

『こいつに悪戯していいのは――
私だけなんだからぁぁぁぁぁぁッ！』

好きなもの＝部屋の隅
嫌いなもの＝集団行動

Height-144cm
Bust-69 / Waist-55 / Hip-70

[大人ver.]
Height-170cm
Bust-94 / Waist-62 / Hip-90

大人のおねえさん

変身した七罪の容姿は、七罪自身が思い描く理想像。出るところは出ており、引っ込むところは引っ込んでいる理想の体型と大人な美貌。コンプレックスである癖毛は、さらさらストレートヘアーに。年上で包容力もありつつ、茶目っ気もあるパーフェクトおねえさん。この姿でいるときは、大胆な性格に変化する。

ネガティブ

クラクラしちゃう→気持ち悪いんだよブス。ナイスバディ→臓器が高く売れそう、といった普通の人には理解できないスーパーネガティブ思考。どんなことでも物事のマイナス面とリスク、自分が不幸になることを考えてしまい、自分がそんなことを考えてしまうことに自己嫌悪に陥るというマイナススパイラルの持ち主。

磨けば光る原石

精霊たちの協力と、女装で培った経験を総動員して士道がプロデュースした七罪の変身姿は、七罪自身さえも感動する姿だった。天使の力を使わずともここまでの変身ができるのだから、自分だけの価値観に閉じこもらずに努力していけば、大人七罪に負けない姿になるのも夢ではないかもしれない。

橘公司

大人版は、精霊の中でもっとも露出度が低いのになぜかエロいという素晴らしいデザインです。でも僕は真・七罪も好き。極力『かわいい』『美しい』系の描写を抑えたキャラだけに、デザインが難しいだろうなあと思っていたのですが、そこはさすがのつなこさん。絶妙なジト目を描いてくださいました。かわいくないんだけどかわいい。矛盾。

つなこ

大人の方は理想像なので、とにかく地味にならないように気を付けました。髪色はナチュラルではない青緑で、つやっつやにしています。帽子のエメラルドが、小さい方は原石、変身後は磨かれた装飾品になっていて、髪色・髪質とリンクしています。

SPIRIT

ORIGAMI TOBIICHI

鳶一折紙

識別名〈エンジェル〉

「私は——精霊を倒すために
この力を振るおう」

SpiritNo.1
AstralDress-AngelType
Weapon-CrownType[Metatron]

総合危険度AAA		
空間震規模AA		
霊装AA		
天使AAA		
STR	（力）	158
CON	（耐久力）	152
SPI	（霊力）	219
AGI	（敏捷性）	136
INT	（知力）	243

［来禅高校二年生。五年前、目の前で両親を精霊に殺され、復讐のためASTに入隊する。生きる目的は、精霊をこの世界から殲滅すること。しかし完全霊装状態の十香には勝てず、更なる力を求めた結果、〈ファントム〉から力を授けられ精霊化する。世界の改変に成功した士道の必死な説得で、封印に成功する。］

霊装
Astral Dress

神威霊装・一番（エヘイエー）

花嫁衣装を思わせる純白の霊装。何も知らぬ者が目にしたなら、その姿は、きっと天使に見えることだろう。

天使
Weapon-CrownType

絶滅天使（メタトロン）

幾つもの『羽』が連なり、王冠の形を取った天使。その『羽』は、それぞれが必殺の威力を持った砲門であり、剣である。凄絶なる光の雨が過ぎ去ったあと、地上には何も残らない。

TOP SECRET

「本当の愛は、これから」

好きなもの＝カロリーメイト
嫌いなもの＝精霊

Height-152cm
Bust-75 / Waist-55 / Hip-79

一途過ぎる想い

人目を気にせず、士道への好意を隠そうとしない折紙。その好意は凄まじく、学校はもちろん自宅や旅行先などのプライベートまでも徹底的に情報を収集し、士道のことであれば全てを知ろうとするほど。なおその情報収集の方法は微弱な電波を発する乙女の勘らしい。士道の体操着の匂いを嗅いでいたこともあるとか。

振り切れた好感度

訓練での告白を受け入れられてしまい、折紙は士道の恋人になる。困った士道は別れるために嘘の性癖や、複数の恋人がいることを伝えるが、まったく動じる様子はなかった。さらにはスク水に犬耳&尻尾の格好を強要するも即座に実行され、どんなことをしても嫌われるのが不可能だと証明されてしまう。

隠されていたヒロイン力

顔色を変えず、あらゆる手段を用いて、士道にアプローチを仕掛けてくる肉食系を超えた肉食系。そんな中、現れた世界改変後の折紙。士道のことを好きなのに、素直になれず、顔を真っ赤にする折紙のヒロイン力たるや。依存ではなく、本当の愛に目覚めた折紙の新たな武器になることは間違いない。

橘公司

最初は髪が長い設定もあったのですが、ヒロインたちのバランスを取る意味でショートカットになったキャラです。折紙は犠牲になったのだ。しかし、11巻でまさかの長髪設定復活。霊装が天使イメージなのは最初から決まっていましたが、そこにウェディングドレスのエッセンスが入ったのは10巻を書く直前でした。きっと折紙の念です。こわい。

つなこ

ASTは自衛隊なので、装備も派手すぎないものになっています。霊装は橘先生の設定ラフをそのまま再現したウエディング風で、左手薬指には光るものが。鎧などは「十香のライバル」という点を意識していて、配色も対照的です。

SPIRIT

TOHKA YATOGAMI

夜刀神十香（反転）

識別名〈？？？〉

「消えた。消えた。
ようやく——消えた。
私を惑わす奸佞邪知《かんねいじゃち》の人間が……！」

SpiritNo.10i
AstralDress-PrincessType
Weapon-ThroneType[Nahemah]

総合危険度SS
空間震規模A
霊装AAA
天使AAA

STR	（力）	240
CON	（耐久力）	178
SPI	（霊力）	201
AGI	（敏捷性）	160
INT	（知力）	033

「士道を目の前で殺されそうになり、十香が天使ではない力を求めた結果、反転した姿。〈ラタトスク〉ではこの事象を『霊結晶（セフィラ）の反転』と呼び恐れているが、ウェストコットは『魔王の凱旋』と呼び、歓迎している。未だ詳細は明かされていない。分かっているのは反転した際、暴力性の高い別の人格が表象化するということのみである。」

霊装
Astral Dress

???

闇に染まった公女型霊装。〈神威霊装・十番〉と対を成す存在。詳細は全て謎に包まれている。

天使
Weapon-ThroneType

暴虐公（ナヘマー）

巨大な玉座と片刃の剣からなる、強大な力を誇る『魔王』。〈鏖殺公〉と対を成す存在。【終焉の剣（ペイヴァーシュヘレヴ）】がひとたび振られれば、その太刀筋の延長線上に存在する全てのものが消滅する。

SPIRIT
ORIGAMI TOBIICHI
鳶一折紙（反転）
識別名〈デビル〉
「……〈救世魔王〉……」
SpiritNo.1i
AstralDress-DevilType
Weapon-CrownType[Satan]
総合危険度SS
空間震規模AAA
霊装AA
天使AAA
STR（力）198
CON（耐久力）202
SPI（霊力）242
AGI（敏捷性）128
INT（知力）230

[精霊の力を得た折紙が過去へ行った際、両親を殺した犯人を知り絶望し、反転した姿。自分にとって最悪の世界を壊すため、破壊の限りを尽くす。改変された世界においても精霊の存在を認識することがスイッチとなって顕現したが、士道の魂の叫びによって、封印に成功する。]

??

霊装
Astral Dress

???

闇に染まった天使型霊装。喪服を纏ったかの如きその姿は、さながら堕天使を思わせる。

天使
Weapon-CrownType

救世魔王（サタン）

〈絶滅天使〉と対を成す『魔王』であり、宿主を守るように展開した無数の『羽』。空を喰らう闇。形を持った絶望。禍々しいその姿は、宿主の心象風景をそのまま具現しているかのようである。

RATATOSKR
SHIDO ITSUKA
五河士道
「俺は——おまえを、否定しない」
好きなもの＝料理
嫌いなもの＝自分の黒歴史
Height-170cm
Bust-82.2 / Waist-70.3 / Hip-87.6（折紙調べ）

［来禅高校二年生。一七歳。平凡な日常を過ごしていたが精霊と出会い彼の運命は大きく変わる。〈ラタトスク〉協力のもと、命がけで、精霊をデートして、デレさせることに!?　かつて実母に捨てられた経験があり、そのためか、人の絶望に対し敏感。他人を救うためならば、自分の命を顧みない行動をとることも多く、琴里や周りから心配されている。］

精霊を封印できる唯一の存在

〈ラタトスク〉司令官、琴里から精霊の対話役として任命された士道。彼は精霊の好感度を一定以上上げて、キスすれば霊力を封印することができる。さらには封印した霊力を顕現することもできる特別な存在だった。

五河士織

男嫌いの精霊、美九に近づくため女装した士道。〈ラタトスク〉全面サポートのおかげで、普通の人間であればまず正体はバレない。そして五河家の家事全般を担当していたため、下手な女子では敵わない女子力も兼ね備えている。

橘公司

目立つ記号の少ない士道ですが、つなこさんは髪型、制服などを数パターン用意してくださいました。制服のバリエーションで少し悩みましたが、結局、ネクタイはきっちり、上着のボタンは外し、シャツは出す方向に。ちょっとだけ制服を着崩したくなったけど、ネクタイを緩めるまでの踏ん切りがつかない士道を想像するとなんだか微笑ましい

つなこ

巻き込まれただけのごく普通の高校生主人公として登場し、主夫的な生活からおしゃれ感も出さず、挿絵でも「顔は見えなくてもいいです」「画面外でいいです」の指定が入ることが多かった士道君ですが、戦う手段も得て、かっこいいシーンが増えました。本人にも謎が多いので、今後の展開がすごく楽しみです！

RATATOSKR

崇宮真那

MANA TAKAMIYA

「私――実は昔の記憶がすぱっとねーんです」

好きなもの＝模擬戦
嫌いなもの＝根性のない人

Height-147cm
Bust-74 / Waist-56 / Hip-80

［士道の実妹にして、元DEM社所属の魔術師。コールサインはアデプタス2。AST出向時の階級は三尉。最悪の精霊、狂三によって重症を負わされ〈ラタトスク〉によって保護されていた。〈ラタトスク〉が危機に陥った際に〈ヴァナルガンド〉を装備し、窮地を救った。］

士道の実妹

敬語を崩した独特なしゃべり方と、泣きぼくろ、ポニーテールが特徴的。士道は実妹がいたことを覚えておらず、真那自身も昔の記憶がなかったが、兄の存在だけはなぜか覚えていた。琴里とは一度、実妹、義妹どちらが強いのか口論になった。その件があってか髪型をツインテールにされることは妹序列的にプライドが許さないらしい。

標的は狂三

顕現装置の扱いは世界で五指に入るといわれ、AST隊員一〇人でも歯が立たないほどの実力を持つが、それはDEMによって全身に魔力処理が施されたことに起因している。力を得た代償は大きく、残り一〇年ほどしか生きられない身体に。琴里から専門機関での延命治療を勧められるも、聞き入れず標的である狂三の行方を追って、単独行動を続けている。

R A T A T O S K R

REINE MURASAME

村雨令音

「精霊とデートするために、
恋愛シミュレーションゲームで特訓だ」

好きなもの＝甘いもの
嫌いなもの＝刺激物

Height-164cm
Bust-95 / Waist-63 / Hip-89

［〈ラタトスク〉の解析官で、琴里の部下、そして士道のクラス二年四組の副担任（物理担当）。不眠症で本人いわく三〇年眠っていないらしく、目に分厚い隈があり、傷だらけのクマのぬいぐるみを常に携帯している。最初、士道の名前を「しんたろう」と呼び、その後も「シン」と呼び続けたり、睡眠導入剤をラッパ飲みしたりと謎も多い。］

〈ラタトスク〉の解析官

解析官としての主な役割は〈フラクシナス〉に搭載されている解析用顕現装置を操作し、士道のデートをサポートすることと、顕現した精霊の調査・解析。暴走気味な他の〈フラクシナス〉クルーとは違い、基本常識人で琴里の信頼も厚い。免許は持っていないが簡単な看護をすることもできる。

謎多き女性

何事にも冷静沈着かつ臨機応変に対応する大人の女性ではあるが、謎も多い。外見年齢は二〇代だが、実年齢は不明。無表情で、感情の起伏が乏しく、士道の前で下着を脱いでも恥ずかしがることはない。また極度の甘党で士道に心配されるくらい飲み物に角砂糖を入れ続けるほど。ほかにもマイナーな言語を話せたり、ヴァイオリンの腕前はプロ級であったりと、特技が複数ある模様。

R A T A T O S K R
R A T A T O S K R
RATATOSKR
ラタトスク機関
RATATOSKR
対話によって、精霊を殺すことなく空間震を収めるために結成された。琴里いわく、士道を精霊との交渉役に据えて、精霊問題を解決する、要は士道のために作られた組織。対話とはつまり——デートして、デレさせること。

神無月恭平 KANNAZUKI KYOUHEI

「我らが愛しい女神の一大事だ！」

〈ラタトスク〉副司令官兼、空中艦〈フラクシナス〉副艦長。二八歳。眉目秀麗な長身の青年。所作も口調も紳士的だが、女装癖を持ち、ドMで琴里にいじめられることを至上の悦びとしている。精霊攻略時のデートではほとんど役に立たないが、〈フラクシナス〉での戦闘、指揮能力は高い。顕現装置の扱いに長け、兵器の制御を単独で行うことさえ可能。かつてどこかの軍に所属していたようだが詳しいことは謎である。

川越恭次 KAWAGOE KYOUJI

「す、すいません、思いつかなかったもので……」

〈フラクシナス〉クルー。四五歳。通称〈早すぎた倦怠期（バッドマリッジ）〉。今まで五回の結婚と離婚を経験している恋愛マスター。モテることはモテるのだが、一緒に暮らしてみると粗が目立つらしい。五組分の慰謝料と養育費を今も払い続けているため倹約生活を余儀なくされている。ちなみに一番最初の奥さんの名前は美佐子。

幹本雅臣 MIKIMOTO MASAOMI

「大丈夫ですよ！　最近はみんな似たようなものですから！」

〈フラクシナス〉クルー。四二歳。通称〈社長（シャチョサン）〉。宵越しの金は持たないタイプで気前が良いため、夜のお店で絶大な人気を誇る。ちなみに〈ラタトスク〉に入る前は中小企業の課長だった。社長ではなかった。子供が三人おり、名前は上から美空（ぴゅあっぷる）、振門体（ふるもんてぃ）、聖良布夢（せらふぃむ）。

椎崎雛子 SHIIZAKI HINAKO

「パターン青、不機嫌です！」

〈フラクシナス〉クルー。二四歳。スリーサイズはB82/W60/H84。通称〈藁人形（ネイルノッカー）〉。物静かな女性であるが、性格は嫉妬深く、特に意中の男性に近寄る女には容赦がない。様々な呪いに精通しており、お手製の藁人形に五寸釘を打ち込むと、対象に次々と不幸が訪れる。ちなみに男性も不気味がって逃げてしまうため、未だ交際経験はない。

中津川宗近 NAKATSUGAWA MUNECHIKA

「そりゃあそうでございますよ」

〈フラクシナス〉クルー。三〇歳。通称〈次元を越える者（ディメンション・ブレイカー）〉。重度のオタクで一〇〇人の嫁を持つ（ただし二次元）。もとは名家の子息だったのだが、そちらの趣味に傾倒しすぎて就職の機を逃し、大学を卒業してからニートに突入。父に「趣味から足を洗うか勘当されるかを選べ」と言われ、嫁たちを裏切ることはできません、と迷うことなく家を出た。

RATATOSKR

箕輪 梢　MINOWA KOZUE

「士道くんは意外と母性本能をくすぐるタイプなんですよ！」

〈フラクシナス〉クルー。二八歳。スリーサイズはB80/W65/H87。通称〈保護観察処分（ディープラヴ）〉。普段はさばさばしているのだが、男性と交際すると尽くしすぎてしまう。彼氏から別れを切り出された際それを受け入れることができず、ストーカーと化してしまい警察沙汰に。今では法律で愛する彼の半径五〇〇メートル以内に近づけなくなった。

エリオット・ボールドウィン・ウッドマン

ELLIOTT BALDWIN WOODMAN

「そうはさせんさ。そのための〈ラタトスク〉だ」

〈ラタトスク〉の創始者で、最高意志決定機関『円卓会議（ラウンズ）』議長。イギリス人。車椅子に乗っている。DEM社創業メンバーの一人で、ウェストコットとは同志だったようだが、今は敵対している。

カレン・N・メイザース　KAREN NORA MATHERS

「何も問題はありません」

ウッドマンの秘書を務める女性。かつてはDEM社の技術開発部部長を務めていたが、ウッドマンと共に退職。エレンの妹だが、魔術師としての実力は未知数。

林堂　RINDOU

〈フラクシナス〉の医務官。彼が健康上の問題ありと判断した場合、指揮権を剥奪することができる。

淡島文雄、手代木良治、川西孝史

AWASHIMA FUMIO,TESHIROGI YOSHIHARU,KAWANISHI TAKASHI

「こんにちはー。ねえねえ君たち、どこから来たの？」
「三人だけ？　もったいないなあ」
「もしよかったら、ちょっと俺たちと遊ばない？」

〈ラタトスク〉機関員。階級は三等官。オーシャンパークにて変装し、十香たちをナンパしてきたが、琴里に一瞬でバレる。

竹原、斉藤、上林、木崎、柏田、浜木、浦田、葛西、石田

TAKEHARA,SAITO,KANBAYASHI,KIZAKI,KASHIWADA,HAMAKI,URATA,KASAI,ISHIDA

完全貸し切り旅館・海の宿『ふぇんさりる』を警備していたガードマンたち。乙女の勘で士道の居場所を知った折紙によって次々と撃破された。

フラクシナス

〈FRAXINUS〉 ASS-004

〈ラタトスク〉が保持する巨大空中艦。全長は 252m（〈世界樹の葉（ユグド・フォリウム）〉を除く）。大型の基礎顕現装置（ベーシック・リアライザ）AR-008を一〇基搭載。艦隊の周囲に恒常随意領域（パーマネント・テリトリー）を展開しており、それによって不可視明細（インビジブル）と自動回避（アヴォイド）を常に発動させている。

主要兵装
収束魔力砲　〈ミストルティン〉
精霊霊力砲　〈グングニル〉
迎撃用ミサイル　〈ブリューナク〉
汎用独立ユニット〈世界樹の葉(ユグド・フォリウム)〉
その他

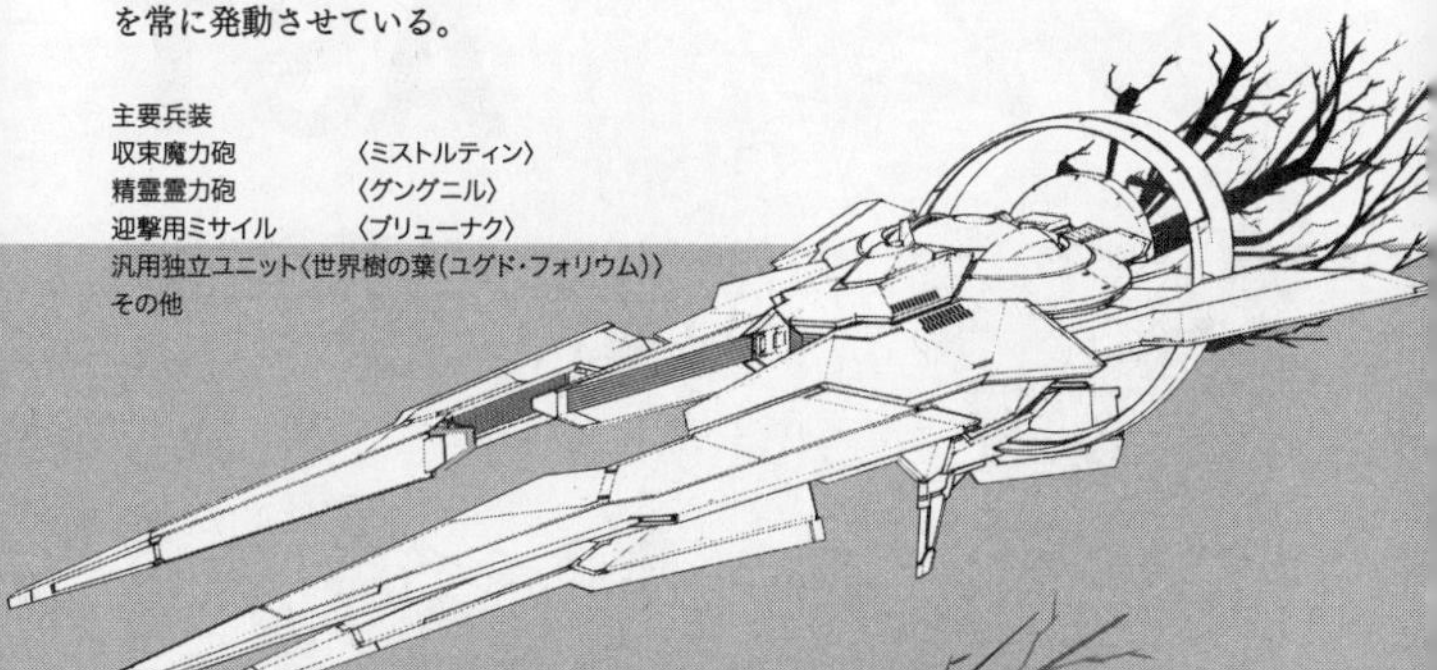

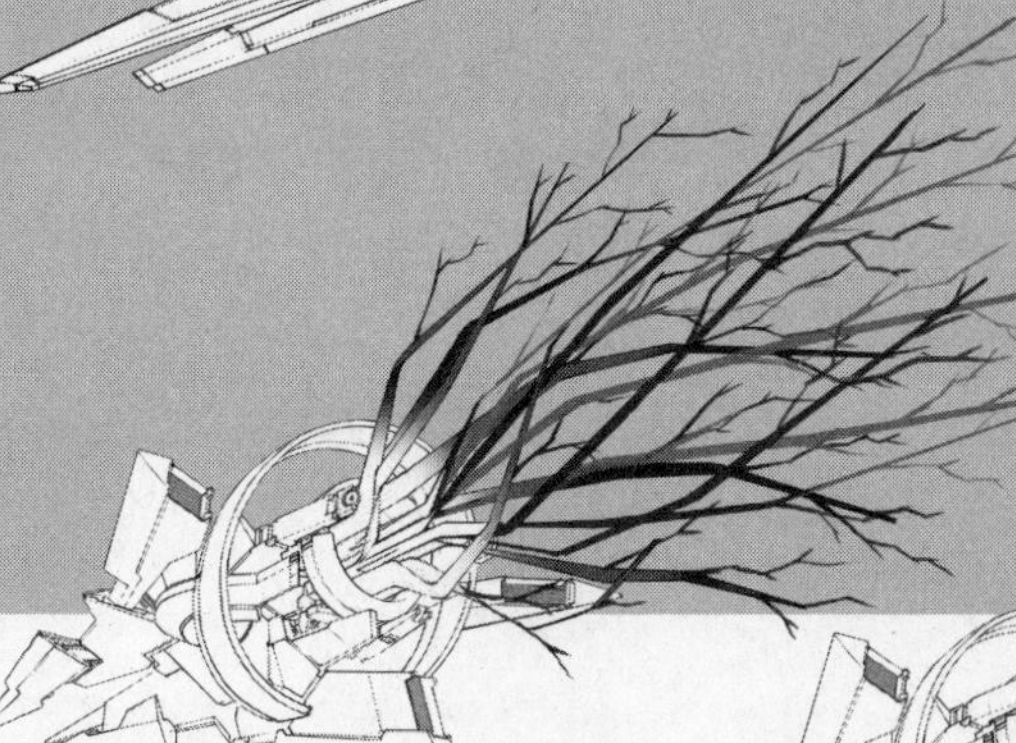

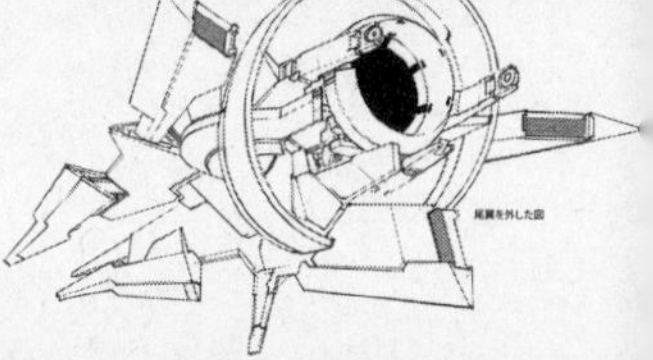

尾翼を外した図

A S T

アンチ・スピリット・チーム
ANTI SPIRIT TEAM

陸上自衛隊対精霊部隊。一般に公表されていない部隊であるため、その存在を知る者は非常に少ない。ASTの主な目的は、通常の部隊では達成困難な作戦を遂行することと、空間震の原因となる精霊を、殲滅すること。

AST

ANTI SPIRIT TEAM

〈クライ・クライ・クライ〉

対精霊ライフル。通称〈CCC〉。使用者が悲鳴を上げ、弾道が軋み、目標が断末魔の声を上げる、という意味をもって命名された。随意領域を展開させていなければ、反動で使用者の腕の骨が折れてしまうとさえ言われる、規格外の威力を有したスナイパーライフル。

〈ホワイト・リコリス〉

DEM社が製造した実験機。主な兵装は、大型レイザーブレイド〈クリーヴリーフ〉二本、五〇・五cm魔力砲〈ブラスターク〉二門、大容量ウェポンコンテナ〈ルートボックス〉八基。単独で精霊を討伐することを目的として製造されたが、そのあまりの負荷に、扱える者がほとんどいなくなってしまった『最強の欠陥機』である。

日下部燎子　KUSAKABE RYOUKO

「鳶一、あんたは無茶しすぎ。そんなに――死にたいの？」

二七歳。ASTの隊長。階級は一尉。防衛大卒業後、会計科に配属となる予定だったが、適性検査を受けさせられ、魔術師になった。折紙の良き理解者だが、独断専行が多いのと、装備を贅沢に使い潰すのだけは止めて欲しいと思っている。普段実戦に出ていない上層部の不満と、早く子供が見たいという実家のプレッシャーにストレスを溜めている。

岡峰美紀恵　OKAMINE MIKIE

「折紙さぁぁぁん！」

一五歳。ASTに所属する魔術師。階級は二士。折紙にかつて命を救われたことがきっかけで、AST隊員になる。折紙に懐いているが、なかなか報われない。実は岡峰重工の令嬢にして岡峰珠恵の従姉妹。

ミルドレッド・F・藤村　MILDRED F FUJIMURA

「ミリィの頭脳は人類の至宝ですぞー！」

一四歳。ASTの整備士。主に顕現装置の調整を担当する。階級は二曹。一応DEM社の出向社員。耳年増で他人の恋愛話が大好物。折紙の偏った恋愛観の何パーセントかは彼女が原因。美紀恵と仲が良い。

桐谷　KIRITANI

「なんだ今は査問中だぞ。誰も入れるなと――」

陸将。〈ホワイト・リコリス〉無断使用の査問会にて折紙に懲戒処分を伝えるが、佐伯防衛大臣の言葉を聞き、二ヶ月の謹慎処分を言い渡す。

塚本　TSUKAMOTO

「な、なんだね、一体……」

階級は三佐。DEMの隊員一〇名の補充要員を受け入れ、燎子から苛立ちの言葉を受ける。

AST装備の一部

CR-ユニット

戦術顕現装置搭載（コンバット・リアライザ）ユニット。コンピュータ上の演算結果を現実に再現する装置・顕現装置（リアライザ）を、戦術的に運用するための装備の総称。着用型接続装置（ワイヤリングスーツ）に搭載された基礎顕現装置（ベーシック・リアライザ）は、発動と同時に使用者の周囲に随意領域（テリトリー）を展開する。

〈ノーペイン〉

AST隊員の基本兵装であるレイザーブレイド。顕現装置で出力された魔力を刃の形に固定し、剣のように扱うことができるようになる近接装備。基本兵装とはいえ、その使用には高い技術を要し、最初は魔力を刃の形に保つことさえ困難である。これが扱えるようになって初めて、AST隊員は戦場に立つことを許される。

スペシャル・ソーサリィ・サーヴィス

SPECIAL SORCERY SERVICE

イギリス陸軍所属の対精霊部隊。イギリスに本拠を置くDEMインダストリーと親交が深いため、汎用化前のユニットなどが試験的に運用されることも多い。

SSS

SPECIAL SORCERY SERVICE

アシュリー・シンクレア
ASHLEY SINCLAIR

「私怨はねーが狩らせてもらうぜ？」

外伝コミック『デート・ア・ストライク』に登場。一五歳。短気且つ短絡的。SSSの隊員。随意領域を極端に絞った近接戦闘を得意とするフロントアタッカー。作戦のため、来禅高校に転入してきたこともあった。

レオノーラ・シアーズ
LEONORA SEARS

「……ほっ……本当にやるの？」

一九歳。長身に鋭い眼差し。目は怖いが、本当は小心者で、人の目を見て話すのが苦手。かわいいもの好き。SSSの隊員。銃器の扱いに長けた狙撃手。

セシル・オブライエン
CECILE O'BRIEN

「一瞬で片をつけるわよ……!!」

一七歳。過去に空間震で視力と足の感覚を喪失しているため、普段は車椅子に乗っている。穏やかで落ち着いた物腰だが、腹黒なおねえさん。SSSの隊員。顕現装置を発動させ、随意領域を開いたときのみ視力を得る。高い動体視力と足技主体の格闘技術を持つ。

アルテミシア・ベル・アシュクロフト
ARTEMISIA BELL ASHCROFT

「おかえり……みんな……」

一八歳。世界最高峰の魔術師の一人。SSSのトップエース。優しく、誰からも愛される優等生で、落ちこぼれだったアシュリー、レオ、セシルを育てた。DEMによって、脳内情報を奪われ、新型顕現装置〈アシュクロフト〉シリーズのコアにされた。脳死状態だったが、美紀恵と折紙の活躍によって、意識を取り戻した。

〈アシュクロフト〉シリーズとは

DEM社の開発した新型顕現装置(リアライザ)。SSSの天才魔術師(ウィザード)、アルテミシア・ベル・アシュクロフトの脳内情報を基に作られており、使用者はアルテミシアと同じ力を得ることが可能となる。専用CR-ユニット〈アリス〉、〈ジャバウォック〉、〈レオン〉、〈ユニコーン〉、〈チェシャー・キャット〉の五機に搭載されていた。

DEM

ELLEN MIRA MATHERS

エレン・M・メイザース

「もちろんです。相手が何者であろうと、私は負けません」

好きなもの＝最強
嫌いなもの＝最弱

Height-160cm
Bust-86 / Waist-60 / Hip-87

［DEM社第二執行部部長にして、悠久のメイザースと呼ばれる世界最強の魔術師。外見年齢は一〇代だが実年齢は不明。ウェストコットの剣として、彼の障害となるものを最強の力で排除する。戦闘時は専用CR-ユニット〈ペンドラゴン〉を装備する。］

最強の魔術師

人類最強の魔術師と謳われるだけあり、ワイヤリングスーツなしでも長時間随意領域を展開することができる。〈ペンドラゴン〉を装備時は、精霊と互角の力を有するほど。自身も最強に対して強いこだわりを持っている。そんな最強の彼女だがなぜか亜衣、麻衣、美衣とは天運レベルで相性が悪い。

最強のプライベート

休日であっても彼女は最強であり続ける。横断歩道の白い部分を『白星（勝利）』になぞらえ、そこだけを歩こうとしたり、ショートケーキのイチゴを最後に食べようとしたり。スポーツジムでは相棒のビート板を〈ブリドゥエン〉と名付け、25メートルを泳ぎきったりする。しかし実は顕現装置を使用しなければ、一般人よりも身体能力が低く、50メートル走のタイムは21.5秒。最強の秘密である。

DEUS EX MACHINA INDUSTRY

アイザック・レイ・ペラム・ウェストコット

ISAAC RAY PELHAM WESTCOTT

DEM社業務執行取締役。素性・経歴一切不明。紳士的な物腰と穏やかな口調が特徴的だが、常人とは価値観が乖離しており、その性格は非常に冷徹且つ異質。精霊について他の者が知り得ない情報を持ち、何らかの目的で精霊の力を欲している。ウッドマンとは何らかの因縁があるようだが……。

DEMインダストリー

DEUS EX MACHINA INDUSTRY

イギリスはロンドンに本社を構える、従業員数九万人を超える巨大企業。表向きの事業内容は電子部品の開発・製造だが、秘密裏に各国の軍、企業へ顕現装置の技術提供および顕現装置を用いた兵器の販売を行っている。

DEM

ジェームス・A・パディントン　JAMES A PADDINGTON

「存外拍子抜けだな。本当にこれが精霊なのか？」

DEM社製五〇〇メートル級空中艦〈アルバテル〉艦長。DEMインダストリー第二執行部の大佐相当官。元イギリス海軍大佐。五年前に離婚した妻との間にふたりの娘がおり、慰謝料と養育費を払い続けている。

ジェシカ・ベイリー　JESSICA BAILEY

「もう、誰にも負けナイわァ」

DEM社第三戦闘分隊の隊長。コールサインはアデプタス3。真那とは元同僚。嫉妬深く、負けず嫌いでプライドが高いが、ウェストコットに心酔しており、彼の命令には絶対の服従を誓う。真那に負けた後、脳に魔力処理を施され〈ホワイト・リコリス〉の姉妹機〈スカーレット・リコリス〉で再戦を果たすが、敗北し散ることに。

アンドリュー　ANDREW

「このアンドリュー・カーシー・ダンスタン・フランシス・バルビローリ――」

エレンよりDEM日本支社、第一社屋の守護を任されていたが、長い名前を名乗っている間に美九と士道に倒される。

ミネルヴァ・リデル　MINERVA RIDDELL

「私の目的はただひとつ……アルテミシアになること……」

一九歳。元SSSのナンバー 2で現DEM第一社執行部所属の魔術師。コールサインはセオリカス12（トゥエルブ）。魔術師としての腕は一流だが、アルテミシアに強烈なコンプレックスを抱いている。アルテミシアを新型顕現装置の素体にするよう仕向けた張本人。

ロジャー・マードック　ROGER MURDOCH

「失敗した……だと！？」

DEM社取締役の一人。ウェストコットを業務執行取締役から解任しようと画策したが、失敗。人工衛星を天宮市に落とし殺そうとしたが、士道たちの手によって失敗、最後のあがきも折紙によって失敗に終わる。

ラッセル　RUSSELL

「……よろしいのですか、ミスター」

DEM社取締役の一人。取締役会の議長を務めている。

シンプソン　SIMPSON

「報い……ね」

DEM社取締役の一人。反ウェストコット派でマードックの計画に賛成する。

エドガー・F・キャロル　EDGAR F CAROL

「アシュクロフトの秘密を知る者は全て消さねばならない!!」

DEM社専務取締役（エグゼクティブディレクター）。DEM社顕現装置開発部の統括責任者にして、アシュクロフト計画の提唱者。狡猾な陰謀屋。有能な男であるがウェストコットへの忠誠心は上辺だけのもので、社長の席を虎視眈々と狙っていたが、エレンによって粛清される。

〈バンダースナッチ〉　BANDERSNATCH

DEM社の開発した人型兵器。〈アシュクロフト〉を元にして作られた新型顕現装置〈アシュクロフト-β〉を搭載しているため、人間の脳が直接接続されておらずとも、遠隔で操作をすることが可能。個々の性能は魔術師に劣るものの、貴重な魔術師を危険に晒すことなく運用ができるため、DEMの新たな主力となりつつある。

RAIZEN HIGH SCHOOL

都立来禅高校
RIZEN HIGH SCHOOL

普通科。偏差値60。生徒数は992名。三〇年前の南関東大空災後、再開発された天宮市に新設された高等学校。最新技術のテスト都市としての側面を持つ天宮市の高校だけあって、都立校とは思えないくらいに様々な設備が充実している。特に、旧被災地の学校ということで、シェルター等の避難設備は全国でもトップクラスである。

岡峰珠恵 OKAMINE TAMAE

「高校卒業したらうちの実家継いでくれるんですか？」

士道たちのクラス二年四組の女性担任。二九歳。生徒らと同年代にしか見えない童顔と小柄な体躯、のんびりした性格でタマちゃんと呼ばれ、生徒から絶大な人気を誇る。結婚願望が強く、士道の告白（訓練）を受けて以来、婚姻届を持ち歩いており、婚活パーティーにも通っているとか。

山吹亜衣 YAMABUKI AI

「どーしたのよ十香ちゃん！」

士道のクラスメイト。麻衣、美衣とは名前が似ていることが縁で仲良くなり、学校では三人で行動することが多い。隣のクラスの岸和田くん（文系眼鏡男子）に片思いしておりアプローチを繰り返しているが、彼がド草食系のため成就には至っていない。気っ風のいい姐さんタイプ。父は黒魔術結社の幹部。

葉桜麻衣 HAZAKURA MAI

「なになに、誰かに何かされたの!?」

三人の中で一番無個性。脇役の中の脇役（モブ・オブ・モブズ）。たまに髪型を変えてみたり奇抜なキャラ付けを試してみるが、特に気付かれずに終わる。母はSMクラブの女王様。父はそこの元客。兄は人形偏愛症（ピグマリオン・コンプレックス）で妹は死体愛好家（ネクロフィリア）。自分だけ性癖が普通なのを家庭でも悩んでいる。

藤袴美衣 FUJIBAKAMA MII

「おいコラ誰だよ出てこいやぁッ！」

黒縁眼鏡で文学少女的なイメージだが、読む本は漫画くらい。オチ担当。三人娘の中で一番得体が知れない。家の物置には三角木馬とアイアンメイデンがあり、叔父は外国でヒットマンをやっている。

殿町宏人 TONOMACHI HIROTO

「なあ五河。恋って……いいよな」

士道の友人。ワックスで逆立てられた髪が特徴的。クラスの情報通ではあるが彼女はいない。『恋人にしたい男子ランキング』では358人中358位と振るわなかったが、『腐女子が選んだ校内ベストカップル』では、士道とセットで堂々の2位にランクインしている。

長曽部正市 CHOSOKABE SHOICHI

来禅高校の善良で目立たない初老の物理教師。通称ナチュラルボーン石ころぼうし。物理準備室がトイレ以外で唯一安らげる空間。

鷲谷瞬助 WASHITANI SHUNSUKE

「ふ……ならば名乗ってやろう！」

長身のトサカ頭の男子。制服の袖を肩口で千切ってあり、両腕をバンデージで固めている。体操部で鍛えた強靱な脚力としなやかな身のこなしをもつ来禅高校購買四天王の一人。通称〈吹けば飛ぶ(エアリアル)〉。至高の逸品は焼きそばパン。

桐崎 KIRISAKI

来禅高校生徒会長。天央祭実行委員を務めていたが、ストレスと過労でダウン。

烏丸圭次 KARASUMA KEIJI

「くききき……まぁ、歓迎させてもらうよ」

白衣を着た眼鏡男子。科学部の部費を濫用し、特殊調合した芳香剤で食欲を奪う来禅高校購買四天王の一人。通称〈異臭騒ぎ（プロフェッサー）〉。至高の逸品はハムたまサンド。

鷺沼亜由美 SAGINUMA AYUMI

「きゃははは、見くびらないでよねぇ」

大きなビニール袋を背負った女子。可愛らしい容姿で相手を油断させ、早業でパンをスリ盗る（ただし代金は相手のポケットに入れる）来禅高校購買四天王の一人。通称〈おっとごめんよ（ビッグポケット）〉。至高の逸品は人から盗ったもの。

OTHERS

リリコ RIRIKO

「え……ちゃっと、何、やめてくんない？　キモいんだけど」

〈ラタトスク〉総監修の恋愛シミュレーションゲーム『恋してマイ・リトル・シドー』に登場する妹ヒロイン。パンツ丸見えで主人公を起こしにくるが愛の告白をするとキモがられるリアル設定。アキレス腱固めをかけようとすると、淑女の嗜み、サソリ固めをかけられる。

五所川原チマツリ GOSHOGAWARA CHIMATSURI

「……ッ、きゃあぁぁ！　何をしているの!?　痴漢！　痴漢よぉぉ！」

〈ラタトスク〉総監修の恋愛シミュレーションゲーム『恋してマイ・リトル・シドー』に登場するヒロインの一人。女子柔道部顧問。寝技に持ち込んで、意識を胸から勝負にもっていくのが攻略の鍵。

早乙女加奈 SAOTOME KANA

琴里の通っている中学校の友達。病気の母親がいるらしく、お金欲しさに琴里が携帯アプリのブタさん育成にはまっている情報を中津川に売ってしまい、後悔に枕を濡らしている。

佐伯 SAEKI

防衛大臣。折紙査問会の際に、ウェストコットと電話で話し、桐谷に処分の軽減を伝えた。

岡峰虎太郎 OKAMINE KOTARO

「ならば……もう何もいうまい……」

岡峰重工代表取締役社長。経済界にその名をとどろかせるエリート一族である岡峰の名に相応しくあろうと努力し続け、社長にまで上り詰めた。美紀恵にそんな人生を背負わせたくないため、冷たく接していた。

鈴本尚子 SZUMOTO NAOKO

「良かったらみんなで食べて」

五河家の隣に住んでいた女性。田舎から送られてきた野菜などをよくお裾分けしてくれた。

古茂田柊平 KOMODA SHUHEI

「君が男の子だったらよかったのに」

白い歯がキラリと輝く爽やかな笑みが特徴的な栄部西高校三年生で生徒会長、兼、柔道部主将。ファンクラブの男女比はなぜか男の方が多い。女の子より男の子の方に興味があるのにもかかわらず、天央祭コンテストのミスコン審査員を務める。

伊集院桜子 IJUIN SAKURAKO

「不正を許すわけには参りません」

大和撫子を絵に描いたような、淑やかな女生徒。仙城大附属高校三年生で風紀委員長、兼、茶道部部長。茶道の家元に生まれ、幼少期から厳格に育てられたため、女子がみだりに肌を見せるのを極端に嫌うにもかかわらず、天央祭コンテストのミスコン審査員を務める。

綾小路花梨 AYANOKOJI KARIN

「見せてあげるわ。この綾小路花梨が、華麗に満点を取る姿をね」

竜胆寺女学院二年生。長い髪を綺麗な縦ロールにした気の強そうな少女。取り巻きの女子が二人いる。天央祭コンテストのミスコンで優勝を狙おうと、審査員の買収や参加者の衣装を切り刻んだりするものの、ことごとく失敗。ステージ上で満点を狙ってアピールするも一〇点という最低点をたたき出すが、なぜか優勝してしまう。

菅原昌枝 SUGAWARA MASAE

玄冬高校二年生。煌びやかなドレスをまとい、天央祭コンテストのミスコンにエントリーナンバー1番で参加。流暢な英語でアピールし、二三点を獲得する。

梅宮由紀子 UMEMIYA YUKIKO

天央祭コンテストのミスコンに参加したエントリーナンバー19番、竜胆寺女学院の生徒。見事な着物姿で優雅に日本舞踊を舞ったアピールをし、二〇名の審査を終えた段階で二四点を獲得して暫定1位になる。

暮林昴 KUREBAYASHI SUBARU

「美九に力を貸してちょうだい」

美九がアイドルとして所属するミソラプロのマネージャー。美九の性格を知りつつ、もっと輝けるためならば何でもしようとするマネージャーの鑑。男だということを知らず士織をスカウトしようとしている。

朝倉日依 ASAKURA HIYORI

「あなた、アイドルってものを舐めすぎです！」

宵待月乃に憧れてアイドルになった少女。隙のない完璧なアイドルを目指していて、正反対の美九を嫌っていたが、月乃と同一人物だということを知り、和解。

栗生 KURYU

「……やはりあなたの素行には問題があります」

天宮市教育委員会の教育長。厳格な性格で、問題があると判断した学校に特別更正委員を派遣する。また、教師に特別講習を受けさせることができる偉い人。

園神凜祢　SONOGAMI RINNE

「士道、おはよう。……待ってたんだよ？　――ずっと」

ゲーム『凜祢ユートピア』に登場するオリジナルキャラクター。謎の結界に閉じ込められた天宮市の中で、士道の幼なじみとして現れた少女。

O T H E R S

或守鞠奈 ARUSU MARINA

「ざぁんねんでしたぁ、五河士道！
キミの輝かしい功績はここまでー」

ゲーム『或守インストール』に登場するオリジナルキャラクター。電脳世界に現れた鞠亜とは異なるもうひとりの或守。

或守鞠亜 ARUSU MARIA

「あなたに、問います
──愛とは、何ですか？」

ゲーム『或守インストール』に登場するオリジナルキャラクター。〈ラタトスク〉が開発したスーパーシミュレーテッドリアリティの世界に現れた人工精霊。

〈ファントム〉 PHANTOM

【……〈ファントム〉……か。私には、そういう名前が付いたんだね】

解析映像には激しいノイズしかみられず、『何か』としか形容できない存在。正体は不明。〈ファントム〉という名は〈ラタトスク〉によって便宜上付けられた。対象に精霊の力を付与することが出来るようだが、目的や対象の選定理由などすべてが謎に包まれている。判明しているだけで五河琴里、誘宵美九、鳶一折紙は〈ファントム〉の力によって精霊となった。

OTHERS

DATE A LIVE MATERIAL

デート・ア・インタビュー

DATE A INTERVIEW

橘公司×つなこ

KOUSHI TACHIBANA×TSUNAKO

A INTERV

INTERVIEW

KOUSHI TACHIBANA×TSUNAKO

デート・ア・ライブ
橘公司×つなこ対談

●「企画」の始まり

――まずは『デート・ア・ライブ』の企画《きかく》がスタートしたきっかけについて教えていただけますか？

橘《たちばな》　企画自体はデビュー作『蒼穹のカルマ』の3巻目くらいのときから考えていました。着想のキーワードになったのは、某《ぼう》アニメ作品の使徒《しと》や、特撮《とくさつ》に出てくる怪獣《かいじゅう》のような謎《なぞ》の敵。得体の知れないモノが現代の地球に現れ、武力ではどうにもならないからトークの力でどうにかするという世界観をベースに、敵を女の子にしたらどうかというものでした。

担当　私のほうからは、女の子をどうするかという大枠《おおわく》に、学園要素やメカ要素をどんどん入れていきましょうという提案をしました。『カルマ』でもそうでしたが、橘さんは着地点を決めつつ様々な要素を足していくのが得意なので、いろんなものがごった煮になるようなものがいいなと思ったんです。

——美少女ゲームの要素はどのように生まれたんですか？

橘　最初の着想と同時に生まれました。どうやってトークの力で攻略《こうりゃく》するのかを考えると、やっぱりデートで落とすということになるんですよ（笑）。それを秘密組織のメンバーたちが見て、あーでもないこーでもないと言う。1巻のあとがきにも書きましたが、秘密組織のメンバーが大マジメに美少女ゲームをやっていたら面白《おもしろ》そうだぞ、と思ったんです。

担当　驚《おどろ》きだったのは橘さんがあまり美少女ゲームをプレイされていなかったことですね。でも、そこからいろいろ勉強してくださって。

——つなこさんは挿絵《さしえ》の依頼《いらい》がきたときの心境を憶《おぼ》えていますか？

つなこ　とにかく『デート』が初めてのライトノベルだったので、嬉《うれ》しかったですね。やっぱりライトノベルってイラストレーターさんにとって憧《あこが》れのお仕事の一つなんです。私もずっとやってみたいと思っていたので、「やったー！」と思いました。

橘　でも、遅《おそ》かれ早かれ依頼はきていたと思いますよ。

つなこ　いやいや、もう本当にありがたいお話で……。

担当　橘さんは、キャラクターに毒を仕込《しこ》んでくるので、アクの強いキャラクターが生まれることが多いんです。単純にかわいい女の子が制服を着ていますではなく、髪型《かみがた》、目、服装、あらゆる部分にオリジナリティがたっぷり詰《つ》まっている。その濃《こ》さを幅広《はばひろ》いパターンで描《か》ける方にお願いしたかったんです。

橘　あとは、僕らが二人とも男性という理由もありましたよね。

担当　そうですね。イラストレーターさんの性別は関係ありませんが、やはり女の子の私服をちゃんと描ける、女性的な感性をお持ちの方じゃないと難しいだろう、と。霊装《れいそう》をカッコよく描くことも大切だけど、同じくらいデート服のおしゃれ感も大切だろうと思ったんです。

――つなこさんのイラストを知ったきっかけというのは？

担当　ゲーム誌に載《の》っていたイラストですね。最初にそれを拝見して、サイトでほかのイラストも拝見し、まさに求めていたかわいさとカッコよいイラストがあったので、すぐに橘さんに提案しました。

橘　実は、つなこさんが昔やっていたイラストサイトを大学時代にブックマークしていたんです。そんな偶然《ぐうぜん》もありつつ、実際のイラストを拝見したら、ものすごくよかった。判断材料は少なかったんですけどね（笑）。

つなこ　そうでした！　普段はゲーム会社の社員でゲームのイラストを描いているので、カラーのイラストばかりだったんです。ライトノベルの挿絵の参考になるようなモノクロのイラストはなく、そもそもモノクロを描く機会もなかったので。

橘　それでも、この方のイラストなら……という確信みたいなものはありました。

担当　かわいさはもちろん、目力がありますねというお話をしましたよね。

橘　このあとの話にも繋《つな》がりますが、実際に上げていただいたモノクロの挿絵もカッコよかったですし、いけるじゃないですか⁉　って思いました。

●『デート・ア・ライブ』始動

――1巻のイラストがどのように生まれていったのか、その経緯《いきさつ》についても教えていただけますか？

つなこ　原稿《げんこう》の前に、見た目や口調などが書かれたキャラ設定をいただいて、そこからキャラクターのデザインに入っていきました。意識したのは識別名の印象ですね。十香《とおか》だったら〈プリンセス〉。ほかのキャラクターもそうですが、識別名の印象はデザインに起こす際に取り入れるようにしています。ただ、十香は現在では〈プリンセス〉の凛《りん》とした雰《ふん》囲気《いき》からだいぶ変わっていますね（笑）。

橘　僕も最初は凛とした女の子のつもりで書いていたんですけどね。どうしてこうなったと（笑）。封印《ふういん》とともに知能指数まで封印されてしまったのかもしれない……。

つなこ　でも、雑誌の表紙などで霊装になるとキリッとしますよね。
橘　肩《かた》のあたりに補助脳がついているんですよ、きっと（笑）。
――十香のキャラクターデザインは、すんなり決まったんですか？
つなこ　最初だったこともありますが、結構時間がかかってしまいました。
担当　十香は1巻に登場する最初の精霊ということで精霊というデザインの方向性を決めるベースでもありますし、また敵でありヒロインであり、全巻を通して出てくる女の子ですからね。
つなこ　霊装のテイストもしっかり方向性を定めないといけないので。
橘　こちらに明確なビジョンがあったわけでもないので、お互《たが》いに探《さぐ》り探《さぐ》りの作業でした。とはいえ、最初から完成度が高かったんです。結果的に何テイクもお願いすることになりましたが、これはダメというものはまったくなくて。正直、どのテイクもよかったんですが、最後の最後にいただいたものが、もう別格で。それまで「これならいけるかな」という感覚だったものが、「これしかない」という感覚になりましたね。比類なきヒロイン感があったんです。
担当　細かいところでは、人外的な要素をどれくらい入れるかという部分でも何度か相談しました。

――たとえば額に宝石がついている、といった人外さですか？

橘　ええ、そのデザインもいただきましたね。人外さという点で現在に受け継がれているのが、霊力で編まれたような光のレース部分です。

つなこ　霊装の共通項目《こうもく》ですね。

担当　この世界にある素材ではないもので作られた何かを着ている、という設定は入れたいなというところから生まれました。

橘　でもね～、デレさせると霊装が消えるって設定を考えたのは担当さんなんですよ。僕が買い物をしているときに、すごいテンションで電話がかかってきて。「いいこと考えついちゃいましたよ！　デレさせたら消えるんですよ、服がっ‼」って（笑）。僕もなるほど！　って思いましたけどね。

担当　キャラクターデザインをつなこさんにお願いしたからこそ、生まれた設定なんです！

つなこ　霊装や光のレースが消えるという設定は霊装のバリエーションが広がるきっかけになりました。七罪の霊装が一番変化球で、タイツに入っている星の模様が光の素材で出来ていて、この部分が消えると破れたタイツ状になるという仕組みです。

橘　七罪は露出《ろしゅつ》度が低いはずだったのに、着ていることでかえってセクシーになりましたよね。

●文庫1巻の発売

——様々なディスカッションを経ての1巻発売となるわけですが、当時の心境はいかがでしたか？

橘　もう、不安しかないですよ！　今も新刊発売のたびに不安がっていますが、特に新作の1巻目は不安しかないんです。ＴＶＣＭまで打っていただいたのに、売れなかったらどうしようって（笑）。

担当　ただ、『デート』に関しては、制作の初期段階から社内の人間のほとんどが「これは売れるだろう」って言っていたんですよ。

橘　それを聞かされて、また僕が不安になって。ナイーブな状態に陥《おちい》ってしまって、カバーのレイアウトひとつとっても「本当にこれで大丈夫ですか？」って何度も確認《かくにん》しました。変えてほしいとかそういうことではなくて、あらゆる細かいところが気になってくるんです。

担当　特にカバーは攻《せ》めた内容でしたからね。たとえば、ヒロインが立っているだけの絵がカバーイラストになるって珍《めずら》しいんです。普通《ふつう》のカバーだったらただの棒立ちではなく剣《けん》を持たせたり、もっとカッコいいポーズを取らせます。もちろん、そういったイラストもいただきましたが、悩《なや》み抜《ぬ》いた結果、やはりキャラクターデザインそのものがいいものなので、それをきちんと見せたいなと思ったんです。

つなこ　1巻のカバーイラストのポーズは、キャラクターデザインの最終稿とほぼ同じ立ち方でしたね。

橘　カバーデザインの白地にワンラインだけ背景が入るという背景の入れ方も新しかったです。

担当　十香は鎧《よろい》を着ているのでキャラクターだけだと現代物かファンタジーかわからなくなってしまうので、キャラクターを見せつつ背景には現代の街並みを描《えが》いていただきました。

橘　当時は学園ラブコメの全盛期でカバーは白地に女の子というフォーマットが多かったんです。こちらとしては白地だけは避《さ》けたいと思っていたので、このデザインでよかったなと思いました。

——つなこさんは1巻発売当時、どんな心境でしたか?

つなこ　初めてのライトノベルだったので、書店に置かれているだけでテンションが上がりました！　同時に、私で大丈夫だったのかという不安に陥り……。

担当　でも、そのおふたりの不安を裏切り発売後ありがたいことにめちゃくちゃ売れまして、すぐに最初に刷《す》った初版の半分の部数を重版しました。

つなこ　内容はもちろん、装丁デザインもよかったですからね。実はほかのお仕事でも草《くさ》野《の》さん（草野剛《つよし》デザイン事務所）に手がけていただいたことがあり、今回も草野さんでよかったって思ったんです。ただ、モノクロの挿絵は初めてだったので、「本になるとこんな雰囲気になるんだ」という新たな発見や反省点もあって。よくできるところはもっとよくしていこうと思いました。

橘　時代もよかったのかなと思います。先ほど言ったとおり、学園ラブコメがピークを迎《むか》えた時代で、そろそろ落ち着いて別ジャンルへ移行していくような気配がありましたから。

――そして、1巻では早速《さっそく》2巻の発売が告知されていました。

橘　この作品は基本的に発表が早いんです！　コミック化決定やTVアニメ化決定も「そんなに早いの⁉」って思うくらい早い‼

担当　私も早すぎない⁉　とは思っていましたが、驚くぐらいに売れてしまったので編集部も前のめりでした！

つなこ　でも、続いていくというのは純粋《じゅんすい》に嬉しいです。ひとつのシリーズを続けるのって、ライトノベルに限らずゲームでも難しくて、続刊が出てくれるのは本当に有り難いです。実は当時から10巻くらいまでの構想を聞いていたので、なおさら。絶対にそこまで続いてほしいって思っていました。

橘　折紙《おりがみ》の話は最初から考えていたので、自分としてもしっかり書きたいと思っていました。

●そして待望のアニメ化

――アニメ化のお話も出ましたので、アニメ化が決まったときの皆《みな》さんの心境、状況《じょうきょう》についても聞かせていただけますか？

橘　最初は本当にさらっと言われました。あまりにさらっと言われたものだから、聞いた瞬間《しゅんかん》はまったく実感が湧《わ》かなくて。特に用事もないはずなのに会社に呼び出され、なんだろうなと思いつつ話していたら、担当さんが「そういえば、アニメ化しますよ」って。こっちとしては、「ん、もう一回言っていただけます？」ってなっちゃいますよ（笑）。

担当　あまり期待させすぎないって配慮《はいりょ》です！　ほら、アニメ化は目標の一つではありますが、それがすべてではないじゃないですか。

橘　おっしゃるとおりです。ただ、僕はそこから2、3日かけて徐々《じょじょ》に実感していって、結果的に舞《ま》い上がりまくりでした！　……とはいっても、そこからまた特有の不安感が襲《おそ》ってくるんですけどね。本当に大丈夫なのかって。意を決して、お願いしますということになりましたが。

つなこ　私もアニメ化は一つの目標だったので当然嬉《うれ》しかったんですけど、発表が早くてびっくりしました。しかも、アニメ化をまったく想定していない、線の多いキャラクターデザインばかりなので、アニメーターさんにご迷惑が掛かるのではないかと不安で。実際にはほとんどそのまま動かしていただいて、感激しました。自分が口絵を1枚描くのにあんなに大変がっていたのに、動いているなんてすごいです。

――おふたりとも待望のアニメ化だったということで、1話の放送時はやはりテンションも上がりました？

橘　ニコニコ生放送の先行配信とTV放送の両方を見ましたが、まぁ相変わらず不安ばかりですよね……。でも、先行配信を見て、十香も琴里《ことり》もかわいいなって思いました。

担当　TV放送は家族とご覧になったとか。

橘　そうなんですけどね、家族がTVの前に集まって正座して待っているんですよ！　恥《は》ずかしいったらないですね‼

つなこ　そんな中で琴里のパンチラですからね。

橘　しかも、開幕パンチラ（笑）。僕は家族より後ろにいましたが、顔を見せたくないと思い、タオルを頭に掛《か》けてパソコンで実況しながら観《み》ていました……。

つなこ　私も先行放送とTV放送、どちらもリアルタイムで観ました。関係者用のサンプルをいただいていましたが、ニコ生でもTVでも実際に映像が流れるとテンションが上がりますね。

橘　自分で作ったものがテレビで流れるんですよ!?　そりゃあテンションも上がります。

つなこ　ライトノベルとアニメ、どちらも目標だったのが『デート』で両方叶《かな》ったので、本当に良い作品に恵まれたと思いました。

●好きなキャラクター

――キャラクターについても伺《うかが》いたいと思います。シリーズを通して、もっとも思い入れのあるキャラクターは誰《だれ》ですか？

橘　もちろんどのキャラクターにもありますが、特別な思いがあるとなると狂三《くるみ》ですね。いろんなところで言っていますが、狂三は設定が一番古いキャラクターなんです。リアル高二病を発症《はっしょう》していたときに作ったキャラクターなので。
つなこ ノートの中に存在していたという、あれですね。
橘 そうです。ゴスロリでツインテール、しかもそれがアシンメトリーになっていて、左目が時計……。絶対にくる！ 俺が世に出してやるからな‼って思いながら描いていました（笑）。10年かけて出してあげられたのは本当によかったですね。彼女は僕の痛い部分を凝縮《ぎょうしゅく》したキャラクターなんです。
――やはりキャラクターデザインを依頼《いらい》するときも、こだわったんですか？
橘 一番リクエストが細かかったと思います。
つなこ 一番濃《こ》くて細かかったのが狂三で、このキャラクターは格別にかわいく描かなきゃという思いがありました（笑）。
橘 狂三の登場についても、満を持しての登場にしたかったんです。勝手な持論ですが、あらゆるシリーズもので最初に物語が大きく盛り上がるところって3巻目だと思うんです。というのも、3巻目ってキャラクターの関係性を深めたり、伏線《ふくせん》を回収したりと、序盤《じょばん》の積み重ねを最初に活《い》かせる一番いいタイミングなんです。『デート』でも、1巻でメインヒロインを出して、2巻で精霊にもいい子がいると思わせたところで、悪い精霊が大きく物語を動かすという展開を考えていました。

つなこ　そこで狂三を召喚《しょうかん》したわけですね。

橘　自分のノートをひっくり返しました。「出番だぞ。さあ、目覚めよ」と（笑）。そのときの狂三の名前は「狂美」だったんですけどね。名前に数字を入れるということで「三」にしたんですが、担当から「狂」という文字はいかがなものかという意見が出まして。仕方ないのでいろいろ考えてみたものの、やっぱり狂三のインパクトには勝てず、押し切りました。

担当　編集部でも最初から「きょうぞう！」って話題でしたからね（笑）。

――つなこさんはいかがですか？

つなこ　その影響《えいきょう》を受けていることもありますが、やっぱり狂三ですね。何より、見せ場としておいしいポイントが多い！　画《え》としても締《し》まる構図になることが多くて、描いていて気分が上がるんです。あと、悪い顔を描くのが好きなので。

担当　狂三はジョーカー的な動きをしますからね。そういう意味では、ズルいです。

つなこ　ごく個人的に推《お》しているキャラクターは四糸乃《よしの》とよしのんですね。やっぱり、健気なところがいいですし、性格が真反対のふたりが掛け合うところがすごくかわいくて。子供っぽい服を描くのも好きなので、それもあるかも。最近はよしのんも着せ替《か》えることが多くて、おそろいで服を考えています。楽しいですね。

橘　霊装のデザインが一番すんなり決まったのは四糸乃でしたよね。最初からイメージが固まっていた気がします。

つなこ　1巻の巻末にシルエットだけが出ていますが、あれがほぼ初稿《しょこう》で、そこから最終稿もほとんど変わっていないです。最初はピンクの服もありましたけど、担当さんの提案で緑の服に決まりました。

担当　識別名の〈ハーミット〉に、どこか森にいるようなイメージがあったので、緑はどうですかと提案しましたね。

橘　そこでまた僕が本当に緑で大丈夫《だいじょうぶ》ですか？　と不安になるんですが、でき上がってみると最高によくて。

つなこ　私も実際に塗《ぬ》ってみて、はまった気がしました。

――編集目線で思い入れのあるキャラクターはいますか？

担当　私の目線だと十香は思い入れがあるというか、とにかく使い勝手がいいなと感じますね。たとえば雑誌の表紙や宣伝のイラストで『デート』を取り上げますとなると、やっぱり十香になりますから。

つなこ　『デート』を象徴《しょうちょう》するキャラクターでもありますし、記号性がありますよね。

橘　表紙などは十香か、もしくは十香と誰かというパターンが多い気がしますね。

担当　媒体《ばいたい》や企画《きかく》によってかわいい表情もキリッとした表情もできるので、『デート』の広報担当としてとても優秀なんですよ（笑）。

つなこ　ただ、「ドラゴンマガジン」の表紙に何度も登場しているから、どんどんポーズの引き出しが……（笑）。いろいろバリエーションを考えないと、と思って奮闘《ふんとう》中ですっ!!

●自分に近いキャラクター

――ご自身に近いなと感じるキャラクターはいますか？

橘　自分になぞらえて描くことはないですが、強《し》いて挙げるなら七罪ですね。小《ち》っちゃい七罪のほう。彼女視点の地の文はめっちゃ筆が乗ります！

つなこ&担当　あぁ～。

――皆さん、納得《なっとく》しているようですね。

担当　確かに、ネガティブなところが……。これは、自分を女体化《にょたい》したんですか？

橘　いやいやいやいや。単純にネガティブキャラが好きなんです。

担当　実のところ、ネガティブキャラで人気が出るのか、私は半信半疑だったんですよ。でも橘さんが大丈夫です！と言い切るので賭《か》けてみましたが、実際に人気が出ましたね。

つなこ　ネガティブなんですけど、その方向性が面白《おもしろ》いですよね。炎上《えんじょう》させてやるって。

橘　「馬鹿《ばか》にしやがってェ」というセリフは某《ぼう》作品のオマージュです（笑）。

担当　ビジュアルとしても、お姉さんキャラは珍《めずら》しいです。

橘　そうですね。今までにない方向に持っていきたかったですし、結果としてお姉さん七罪のファンもたくさんできてよかったなと思います。

――つなこさんはいかがでしょうか？

つなこ　私も七罪が一番共感できるキャラクターなんです。実は私、癖毛《くせげ》がコンプレックスで、十数年来、科学の力を借りてまっすぐにしています（笑）。爆発《ばくはつ》する頭って整えるのが本当に大変なんです！　機械に頼《たよ》っても技術がいるし、科学の力を借りるのはお金がかかるし。そんなこともあり、七罪を変身させるシーンは思い切り感情移入しながら描きました。

橘　そんな深い思い入れがあったんですね！

つなこ　髪の毛の悩みはすごく良くわかります。ましてや彼女は見た目10代ですから。その理想の高さもよくわかります。同い年くらいのアイドルを見て、これくらいかわいくなれないなら死んでやるって思う子だっていますからね（笑）。

――七罪のエピソードはまさにそういったコンプレックスに向き合うお話でした。

つなこ　変身しているときはやりたい放題なのに、普段《ふだん》の自分に戻《もど》ると落ち込んでしまうところも面白いなって思いました。

――ちなみに七罪のキャラクターデザインについて、つなこさんの手応《てごた》えはいかがですか？

つなこ　思い入れも相まって、この造形がとても気に入っています。ただ、七罪がみんなの力でかわいく変身するシーンをイラストにするときはちょっと悩《なや》みました。描写《びょうしゃ》的にはカットとスタイリングだけだったので、彼女の憧《あこが》れるさらさらストレートにはできない。じゃあ、どうしようかと。

橘　僕自身も七罪にストレートパーマまでやっていいのか迷いましたからね。

つなこ　技術の高さでなんとかゆるふわになったんだろうと思って、癖を活かした髪型《かみがた》にしました。他の挿絵だと、自分で手入れしているのでややボサに戻っています。

橘　そういえば、七罪は自分の姿を妄想するときはストレートですよね。

つなこ　さらさらストレートの自分が憧れですから！

橘　でも、七罪の髪がボンバーしているデザイン、本当にいいと思います。目つきも上手《うま》い具合に処理していただいて、クリティカルでした。比類なき美少女すぎないところがいいなと思います。

担当　橘さんはジト目とか目にクマとか、好きですよね……。

橘　僕が好き勝手にやっていいというなら、七罪みたいな子がメインヒロインですよ！

●描くのに苦労したシーン、キャラクター

――一方で、描くのに苦労したキャラクターやシーンというのはありましたか？

橘　苦労にもいくつかパターンがあって。単純に文章として書くのに苦労するのは八舞《やまい》姉妹《し まい》。セリフが大変なんです。その上、二人いますから。

つなこ　夕弦《ゆづる》の場合、最初の二文字も考えないといけないんですよね？

橘　最初の原稿《げんこう》では「〇〇」と空白にしておくことがけっこうあります。展開的な点で苦労するのは四糸乃ですね。彼女はいい子すぎてわがままを言わないので、展開を乱す方向に持っていくのが難しくて。どうしても巻き込まれる側になってしまうんです。本人の意思があまり介在《かいざい》しないパターンが多いかもしれませんね。ほかの子は自分から悶着《もんちゃく》を起こしますが、まぁ四糸乃はオアシスなので仕方ないです。

つなこ　そのぶん、よしのんが結構引っかき回すのが好きです。

橘　ただ、困ったらよしのんが取れて泣くというパターンに逃げがちなので、そこは注意

したいところです（笑）。

――つなこさんは大変だったキャラクターやイラストはありますか？

つなこ　もともとメカにあまり触《ふ》れてこなかったこともあり、メカのイラストはいつも苦労します。女子の私服の引き出しとは真逆ですね。挿絵《さしえ》の中にメカがあると、普段の2、3倍の時間がかかります。ですので、アニメになったときは、メカがカッコよく動いていて勉強させていただきました。

――となると、武器の構造なども……。

つなこ　大変でしたね。最初は武器がどんな動きをするのかすらわからなかったです。そこから独自に勉強として、ゲームなどを遊んでみて（笑）。やっとこういう動きをするんだとわかるようになりました。

橘　でも、つなこさんのメカ、カッコいいですよ！　特に真那《まな》の〈ヴァナルガンド〉とエレンの〈ペンドラゴン〉はツートップ。カラーになったものを見たときは、めちゃくちゃテンション上がりました。

つなこ　この2つは橘さんがいろいろと設定を起こしてくださったからですよ！　「つよい」と書かれたラフあってこそのデザインです。

――「つよい」とは？

つなこ　橘さんから設定画をいただきまして。そこに「つよい」と一言書いてありました。

橘　ギミックや構造がややこしいときは自分で簡単に描いて、それをリファインしていただくんです。そこに、つい「つよい」と（笑）。

つなこ　「ここがこう開閉する」といった感じで、ラフを描いてくださるんです。折紙の霊装も、いただいたラフをベースに、ほぼそのままのシルエットに仕上げました。

橘　そういえば、〈ヴァナルガンド〉のデザインは担当さんと意見をぶつけ合いましたよね？　太もものデザインはこれでいいのかって。担当さんはすっきりさせたいという意見だったんですが、僕はこの膨《ふく》らみがカッコいいんだからお願いしますよと。その折衷案《せっちゅう》として、太いパーツは残すけど内ももの部分を露出させるということになりました。

担当　結果的によかったですよね。

橘　内ももを出すデザインは本当にすごいことになったなって思いました。

——担当さんとして苦労したことなどはありますか？

担当　デートのシチュエーションを考えるのが巻を重ねるごとに難しくなっていくことですね。次はどんなデートにしましょうか、選択肢《せんたくし》はどうしましょうかって相談することが多いです。

橘　こちらの選択肢がどんどん減っていきますからね。それでも、11巻の折紙が前の世界の記憶を思い出してしまいそうになるデートというのは、かなり新しいものになったんじゃないかなと思います。折紙最強だなぁ、と。

つなこ　あれは面白すぎました！　「身体《からだ》が勝手に……！」って（笑）。

担当　今まで書いた中で一番面白かったかもしれない。

橘　それですよ！　もう一つの苦労するポイントは……。折紙のキャラクターは筆が乗るのか、よく動くんですけどちょっとやりすぎなときがあるんです。特に序盤《じょばん》はやりすぎで、こんな女の子イヤですよって言っていくつかカットした記憶《きおく》があります。

橘　自室に爪《つめ》を集めているってボツ設定がありましたね。それも、自分のじゃなくて士道《しどう》のって。

担当　「部屋に行くと士道の爪があるんですよ」って。そんなの絶対イヤですよ！（笑）

橘　確かに言われてみたらイヤだなと思って、納得《なっとく》しました。

●お気に入りのシーン

——では、お気に入りのシーンについても聞かせてください。

橘　書いていて楽しかったシーンは1巻で十香がキレるところと6巻の最後。十香がさらわれ精霊がみんな美九に奪われて、士道が一人になったところでクスクスと笑いながら現れる狂三ですよ！　「よっしゃー‼　これが書きたかった！」って思いました。

つなこ　もしかして味方になるのかもというシーンでしたし、すごく引き込まれました。

橘　もう一つは10巻でフル霊装の十香が折紙とドンパチするところですね。

担当　ここのセリフはすごく好きです。「今の『嫌《きら》い』は、昔の『嫌い』と、たぶん、少し、違《ちが》う」。どんなふうに十香が折紙と向き合ってきたかがわかるセリフですよね。

橘　「滅す」と書いて「ころす」。1巻の終盤以来でしたね。とうとうあのときの十香が戻ってきたんだって思いました。

つなこ　私は2つあって。ひとつめは1巻で、士道くんが十香を封印《ふういん》して二人がゆっくりと降りてくるところ。夕焼けでキラキラしている情景が浮かびました。もうひとつは、7巻で狂三が士道くんをかかえて戦場を駆《か》け抜《ぬ》けていくシーンですね。狂三が仲間になったときの頼《たの》もしさとか、士道くんが引っ張られているところとか。何かの機会があれば、挿絵を描《か》いてみたいシーンでもあります。

担当　あれを書いていて、人がいっぱいいるって最強なんだなと改めて感じました。

橘　狂三は能力を12個も持っているなんて、ズルいですよ。強すぎる。

橘　そう、狂三はズルいんです。しかも、まだ能力は半分しか明かされていませんから。

——お気に入りのイラストに関してはいかがですか？

橘　3つあります。まず、天使になった折紙とそれを見上げる十香が描かれた10巻の口絵。ラスボス感が半端《はんぱ》なかったです！　十香とのきれいな対比になっているのもよかった。

つなこ　神々《こうごう》しさを出すため、普段はあまり使わない発光レイヤーを使いました。色を明るくして光った雰囲気《ふんいき》を出す機能なんですけど、多用するとCGっぽさが強くなるので封印していたんです。でも、このときだけは神々しさを出すために封印を解いてバンバン使いました。

橘　2つめは7巻のエレンですね。この悪い顔が大好き。

つなこ　私も悪い顔が描けて楽しかったです！

橘　いつもの残念さがまったくなくて、とにかくカッコよかったです。そして、最後はなんと言っても11巻の眼帯狂三ですね。

——狂三はハズせないと。では、つなこさんが描けてよかったなと思うイラストを教えてください。

つなこ　まさに11巻の眼帯狂三です！　ここは口絵でも挿絵でも、絶対に描きたいと思ったシーンでした。やっぱり狂三は夕焼けがよく似合いますね〜。薄暗《うすぐら》いけれど、かっと赤色が差しているところが自分でも気に入っています。

担当 悪い顔をしていてもかわいいんですよね、狂三って。悪い顔でも許されるというか。

つなこ なんとなくかわいく見えてしまうのは、フリフリとツインテールなんでしょうかね。

橘 基本的にいい子が多い中で、トリックスター的な立ち回りができることがいいアクセントになっているのかなと思います。

つなこ それから、もう一つ描けてよかったなと思うのが、7巻の士道くん。画面外や隅《すみ》に追いやられることが多い彼をようやく主人公らしいイラストにできたなと思いました。

●理想のデートほか

――次はいくつか細かい質問を投げかけさせてください。まず、白琴里と黒琴里、妹にするならどっち!?

橘 白黒あわせて琴里ですからね、難しいなぁ。どちらも一長一短あるんですよ。単純にかわいいのは白琴里ですが、明らかに性能が高いのは黒琴里じゃないですか。……でも、実際に妹にするなら白琴里かな。黒琴里が妹だったらちょっと怖《こわ》いかも。

つなこ 私も白琴里ですね。同性の妹だったら黒琴里だと姉妹《しまい》が成立しないかな、と。黒琴里はスペックが高すぎて、お姉ちゃんの立場がなくなっちゃいそうで。年上の威厳が確実に崩《くず》れると思います！

——続いては、おふたりの理想のデートを教えてください！

橘　十香と士道のデートですね。十香ほどの量は食べませんが、おいしいものが食べられればそれでいいです。

つなこ　私は高台の公園のような約束の場所に憧《あこが》れます！　なかなか現実ではなさそうですからね～。

橘　約束の場所というと、もう単なる待ち合わせ場所かなって思っちゃいます。

つなこ　それにしたって、きれいな場所での約束もあまりないものだと思いますよ……。

橘　確かにフィクション特有のものかもしれないですね。

つなこ　それもあるのか、約束の場所がある士道くんと十香がもう一度そこへデートに行くシーンは素敵《すてき》だなと思いました。

——では、おふたりが一緒《いっしょ》にデートをしてみたいキャラクターは？

つなこ　折紙とはしたくない、かも（笑）。どこに連れて行かれるんだろうって、不安になりそう！

橘　たぶんいろんな知識が得られると思いますよ～。折紙の場合は、もうされるがままでしょうね。

つなこ 連れ回してみたいのは黒十香ですね。もし善良な心を持っていてくれるのであれば、ですが。

橘 そうだなぁ……そういう意味では夕弦ですかね。相手を引っ張っていくキャラクターが多いなかで、夕弦はどちらかというとほどよく受け身というか。8巻でみんなのデートを書きましたが、あのときに耶倶矢《かぐや》と夕弦を初めて単独で書いて、そのときの夕弦が意外とはまったんです。

つなこ 確かに実は一番の正統派《せいとうは》彼女なのかもしれない！

橘 単独になった瞬間《しゅんかん》わかる、いい味ですよね。ただ、マスター折紙の教育が……。あまり折紙に教育されすぎていない夕弦がいいです。

つなこ 最近はちょっと変な知識を得すぎていますからね。

橘 きっと、デートのときは折紙が陰《かげ》で見守って、「成長したな」と思っているのでしょう。

——最後に、友達として誰《だれ》と仲良くなれそうですか？

橘&つなこ 七罪です！

つなこ 絶対に気が合いそう！

橘　部屋で一緒にゲームしてりゃいいかなと思うので（笑）。
つなこ　あと、一緒に化粧品《けしょうひん》を買いに行こうって言ったら、しぶしぶついてきてくれそうな気がします。
担当　なんだかんだ言いながらもついてきそうですね。
――ありがとうございました。それにしても、これまであまり美九の話題が出ていませんが……。
橘　だって、美九は別ベクトルですよ！
つなこ　ある意味、完成されている感が……（笑）。
橘　最強キャラなんで。誰とでも絡《から》ませられる最終兵器的な立ち位置なんです。
つなこ　自分から誰にでも絡んでいくタイプですよね。全員がターゲットというか。
橘　雑食なんで。最近書いていて、折紙よりも美九が怖くなる瞬間があります。
担当　折紙は対・士道特化型ですからね。
橘　一方の美九は全方位爆撃《ばくげき》です（笑）。

●最後に

――これまでお話を伺《うかが》ってきて、本当に『デート』にはいろんな要素が詰《つ》まっているんだなと改めて実感しました。

つなこ　私自身、初めて触《ふ》れることが多かったですし、たくさん学ばせていただきました。

担当　橘さんお得意のごった煮《に》ですから。

橘　煮込みましたね。イラストを描くにもアニメ化するにも、皆《みな》さん本当に大変だろうなって改めて思います。ファンタジー要素もメカ要素も現代要素も全部描かなければいけないわけですから。感謝してもしきれません。

担当　橘さんの作品は贅沢《ぜいたく》仕様なんです！　霊装にしても、せっかくデザインしていただいたのに封印されちゃうから次の巻で出てこないなんてことがありますからね。みんな私服や制服になるので。

橘　そして、その私服や制服で限定霊装という優《やさ》しくない設定。

つなこ　でも、服によって限定霊装の形が違っているのは個人的に楽しいです！

橘　そう言っていただけると嬉《うれ》しいです。でも、僕から見てすごいと思うのは、これだけ巻数が出ていて同じ私服がまったくないという部分なんです。毎巻違う。アニメにもそれを部分的に反映していただいて、それも嬉しかったです。

担当　私服で思い出しました。私服と言えば……。

橘　……やっぱり耶倶矢さんですかね。

つなこ　皆さん、キョロキョロしすぎです！　犯人探しが始まってますよ‼

橘　まぁ、耶倶矢の私服をあんな形でリクエストしたのは僕ですけどね。つなこさんからいただいたものを見て、大笑いしました。

つなこ　謎《なぞ》の文字のプリントです！

橘　リアルに「うわぁ……」ってなるやつですからね。こじらせちゃったやつ。きっと生《き》地《じ》はペラペラなんだろうなって。

つなこ　手の届く範囲《はんい》での中二装備ですね。

担当　支給されている服は捨てて、きっと自分で買いにいったんでしょうね。

——では、こちらで最後となりますが、『デート』ファンの皆さんに一言ずつお願いします！

橘　『デート』はスタートの段階で大きく盛り上がるポイントを決めて、そこを辿《たど》ってきました。今後も大きな山場があることを確約します。既刊《きかん》では折紙が一番大きな山場でしたが、これを超えるものを用意していますので、楽しみにしていただけたら嬉しいです。ヒロイン同士の今までにないカップリングも書いてみたいと考えているので、今後もお付き合い、よろしくお願いします。

つなこ 作中で話題に上っただけで、まだ登場していない精霊が個人的にとても気になっています。登場した時には、是非その子のデザインも楽しんでいただけたらと思います。それから、イベントを盛り上げてくださったり、感想を送ってくださったり、「ドラゴンマガジン」などにイラストを送ってくださったりと、本当にありがとうございます！　いつも皆さんの応援《おうえん》に励《はげ》まされております。

担当 この物語がどのように収束するのか。私自身も楽しみにしつつ、毎巻何かしらのトピックや話題性をもたせられるよう、橘さん、つなこさんと一緒に頑張《がんば》っていきたいと思います。一巻一巻、楽しみにお待ちいただけたら幸いです。

——ありがとうございました。

橘公司《たちばなこうし》
第20回ファンタジア長編小説大賞準入選作『蒼穹《そうきゅう》のカルマ』でデビュー。続く第2シリーズ『デート・ア・ライブ』は2015年3月現在、長編11冊、短編3冊刊行中。

つなこ
アイディアファクトリー所属のイラストレーター。主な作品は『超次元ゲイム ネプテューヌ』シリーズなど。『デート・ア・ライブ』でライトノベルの挿絵デビュー。

DATE A LIVE MATERIAL

デート・ア・インタビュー

DATE A INTERVIEW

草野剛

TSUYOSHI KUSANO

A INTERV

INTERVIEW

TSUYOSHI KUSANO

デート・ア・ライブ 草野剛（デザイナー）インタビュー

●初めてのライトノベルデザイン

――草野さんは漫画の装丁《そうてい》やアニメのパッケージなど、様々な作品のデザインを手がけていますが、ライトノベルはこの作品が最初だったと伺《うかが》いました。

草野　そうです。そもそもライトノベル自体、あまり読んだことがなかったんです。小6くらいのときに『ロードス島戦記』を読んだくらいですかね。世代的なものなのか、漫画ばかりでした。それもあって、あまりライトノベルへの理解がなかったんです。絵が見たければ漫画で、文章が読みたければ一般《いっぱん》小説でいいじゃんって。ですが、『デート』をきっかけにライトノベルに触れるようになると、ライトノベルは漫画とも一般小説とも違《ちが》うんだと思うようになったんです。

――どのような違いを感じたんですか？

草野　情景を絵で見せることができる媒体でありつつ、小説として読者の想像力にゆだねるような行間を読ませる部分があり、それが漫画とも一般小説とも異なっていると感じました。『デート』のおかげで、やっとそこに気づけたというか。なるほど、と思いました。

——担当さんに伺いますが、草野さんにデザインをお願いすることになったきっかけを教えていただけますか？

担当　ライトノベルのカバーって、『デート』が世に出る頃《ころ》にはすでにフォーマットが完成されていたんです。イラストにしても素晴《すば》らしいイラストレーターさんはたくさんいますが、見たこともないイラストというのは存在しなかった。じゃあ、どうやって他作品と差別化を図《はか》っていくのかとなったときに、やっぱりデザインだろうと思ったんです。そういう意味でも、ライトノベルのデザインをメインでやられていない方にお願いしたいと考えたのが最初です。

——草野さんにお願いすることになった決め手は何だったのでしょうか？

担当　『交響詩篇《こうきょうしへん》エウレカセブン』のポスターデザインを拝見したときに、使用する色味が少ないのにどうしてこんなに文字を目立たせられるんだろうと思ったんです。同時に、この方ならライトノベルのフォーマットの中でも今のフォーマットに縛《しば》られすぎないカッコいいデザインができるんじゃないか、と。あとはトータルデザインができる方なので、それも決め手のひとつになりました。

——トータルデザインというのは？

担当　本だけに限定せず、ポスターなどの宣伝物から、メディアミックスした際のアニメのロゴ、パッケージデザインなどのことです。たとえば、アニメのパッケージなどは別のデザイナーさんが担当する場合もあって、原作とアニメで別のデザインが存在していることがよくあります。それもひとつのやり方ですが、個人的には媒体が変わってもデザインは統一感があるほうが好みだったので、生意気ながら、もし『デート』がアニメ化することになったら同じデザインで統一したいと考えていたので、そのデザインも含《ふく》めてぜひ草野さんにと。今、考えるとアニメ化して本当に良かったです（笑）。

●カバーデザイン

——初めてライトノベルのデザインをするにあたり、どのようなアプローチをされたんですか？

草野　担当さんがおっしゃる通り、ライトノベルはフォーマットがしっかり決まっていました。漫画にはキャラクターの顔に文字がかかっていたり、極端《きょくたん》にタイトルが小さかったり、タイトルが帯《おび》に隠れていたりする作品が結構ありますが、ライトノベルでは基本許されないんです。キャラクターの顔に文字は載《の》せない、タイトルは大きく帯より上に、が絶対。僕にとって当たり前だと思っていたことが、担当さんにとって当たり前ではなかったので、初期の打ち合わせでは、そういったルールを確認《かくにん》していく作業がありました。

――フォーマットがある中で、『デート』としてのオリジナリティをどのように出していこうと考えたのでしょう？

草野　基本となる部分はすでに担当さんがイメージを持っていました。たとえば、表紙のイラスト。普通《ふつう》だったらポーズを取らせることが多いんですが、『デート』では大きなアクションをさせずキャラクター設定を見せる体《てい》でいきたい、というお話をいただきました。もちろん表紙なのでキャラクターの線も細かいですし、実際つなこさんはキャラクター設定以上に細部までこだわられています。とはいえ、設定画のようなものを表紙にもってくることは、ライトノベルはおろか漫画でもほとんどないはずです。とても斬新《ざんしん》だと思いました。

――一部のみ描《えが》かれている背景についても担当さんが？

草野　そうですね。背景を全面に敷《し》かず、白地を残したいということでした。全面が背景になってしまうとキャラクターが立たなくなってしまいますし、全面白地にしてしまうとどんな世界で物語が進んでいるのかがわかりづらい、と。ここまで決まっていたので、僕の課題はそれをいかに形にしていくかという部分。大きな要素としてはタイトルロゴですね。甘い感じなのか、ファンタジーな雰囲気《ふんいき》なのかを相談しました。

——タイトルロゴが変わることで、デザイン全体にどのような変化が起こるのでしょうか？

草野　たとえば『ロード・オブ・ザ・リング』や『ホビット』のような書体にすると、クラシカルなファンタジーの印象が強くなります。一方で、かわいい女の子がいるからとポップな書体にしてしまうと、甘い雰囲気ばかりが強調されてしまう。それは絶対に避《さ》けたいと思っていました。なぜなら、かわいいという記号については、女の子（十香）が描かれているので十分。かわいい＝愛《め》でるという印象以外に、上質な物語という情報も加えたいと考えました。この辺を踏《ふ》まえて、かわいい女の子に対してシャープなタイトルロゴにするのが一番いいと思いました。

——シャープなタイトルロゴというのは物語の印象も踏まえて、ということでしょうか？

草野　そうです。『デート』はかわいい女の子が登場して、単純にそれを愛でるだけの物語ではありません。心のやりとりやバトルがありカタルシスもある上質な大河ドラマなので、その雰囲気を崩《くず》さない、落ち着いたタイトルロゴにしたかったんです。それで選んだのがこのゴシック体です。ゴシック体というのは明朝体に比べてカジュアルな印象ですが、その中でも快活すぎない風格があるものを選びました。

——ただ、どこか柔《やわ》らかい雰囲気もありますよね。

草野　かわいい子が登場することも大事にしたいというお話もいただいていたので、その落としどころを担当さんと一緒《いっしょ》に探《さぐ》った結果ですね。

——その着地点はどのようなところだったんですか？

草野　初めてのライトノベルだったので、いろんなライトノベルの傾向《けいこう》を調べました。そうすると、ひとつの記号性みたいなものとしてボケ足（文字のフチについているボケた部分）というものが見えてきたんです。傾向として、ボケ足のついたタイトルロゴが多かったんですよ。それはあったほうが安心（作品を信頼していただく構え）だから取り入れていこうということになりました。

担当　あとはタイトルのレイアウトにもこだわっていただきましたよね。

草野　そうですね。毎巻、タイトルのレイアウトが変わっていくデザインにしたいというお話をいただきました。

担当　毎巻新しい女の子が出てくるというコンセプトだったので、ロゴの位置などを変えずにやっていくと、ただ女の子が変わっているだけと捉《とら》えられてしまうのではないかと思ったんです。そう考えたときに、毎巻違う女の子が登場するのだから背景やレイアウトも毎巻変えてしまおう、と。フォーマット自体を崩していきたいということで、いろんな配置ができるタイトルロゴをお願いしますとお話ししました。

草野　今でこそ普通になりましたが、毎巻レイアウトが変わるタイトルロゴって当時はあまりなかったと思います。

――巻ごとにボケ足の色味も変わっていますよね。

草野　それも普通に考えると、1巻だったら紫《むらさき》を選ぶはずなんですよ。なぜなら、十香《とおか》のカラーが紫（キャラクターがより多く纏うカラー＝イメージカラー）だから。普通はキャラクターのカラーから全体のカラーを決めることが多いんです。四糸乃《よしの》が表紙だったら緑、というふうに。僕もそういった紐付《ひもづ》けをすることが多いんですが、でも『デート』はそうじゃないんですね。『水色がいいです』って言われて（笑）。担当さんはキャラクターではなく、作品の世界観から色を決めていたんです。僕も水色＝未来を予感するイメージですので、SFも含まれるこの作品に相応しいと感じました。

●サブタイトル、口絵のデザイン

――タイトル以外の書体はどのように決めたのでしょうか？

草野　全部がゴシック体だとどうしても全体がカジュアルになってしまうので、作者の名前やサブタイトルは明朝体《みんちょうたい》という伝統的な書体の中でも、クラシカルな印象を持つものを選びました。選定したその書体は、人の書いたものに近いくびれのあるデザインが特徴。かつて到達した回答を踏まえ、現在らしいスマートなシルエットが加わった書体を選定しました。たとえば「橘《たちばな》」という文字だったら木へんのはらいがちょっと腰高《こしだか》になっています。洋服でもショート丈《たけ》がすっきり見えるように、フォントをデザインしたフォントワークスの藤田さんも同様によりスマートに見せたかったんだと思います。

担当　このバランス感は本当に草野さんならではだなと思います。ほかに類をみないカバーデザインになりました。

草野　大切にしたのは、いかに文字をきれいに見せていくかという部分。アニメのパッケージや広告のデザインを手がけることが多かったので、そこで培《つちか》ってきた文字のスペーシングやリズムをライトノベルのデザインに落とし込めば、『デート』のデザインの強度も増すだろうと考えました。

——口絵のデザインに関してはどのようなコンセプトがあったんですか？

担当　酷《ひど》い話ですが、あまりデザインしないでくださいとお伝えした記憶があります（笑）。

草野　文字はあまり大きくしないでほしいというお話でしたね。

担当　普通だったら口絵の文字は大小をつけてメリハリ感を出したり、キャラクターのセリフによって色を変えたりするものですが、『デート』の場合はタイトルロゴの文字色を使うだけなんですよ。文字の大きさは変えないし、色も一色のみ。それはつなこさんのイラストに力があるからで、むしろ文字が小さいことでどちらも引き立つんじゃないかと思ったんです。文字が小さいから集中して読んでもらえるのではないか、と。注目してもらいたいときにただ文字を大きく目立たせるだけだと、言葉が情報として入っていくだけで、じっくり読んでもらえないような気がするんです。

草野　文章のよさ、イラストのよさをじっくり味わってもらうために、こちらが踊《おど》る必要はないんです。文字を大きくするという演出には気分を高揚《こうよう》させる効果がありますが、担当さんが求めていたのはもっと読み手の想像力を刺激《しげき》するものだったんだと思います。

担当　映画の字幕もそうですよね。それこそ大きくなったり小さくなったりしたら映像も文字も見ていられませんから。

草野　まさに映画的ですね。

——帯も文章のよさをシンプルに見せるデザインが多いですね。

担当　本当に内容が面白い作品って、作品単独のキャッチで勝負できるんです。『デート』も最初、1巻は「世界を殺す少女を止める方法は——デートして、デレさせること!?」の一言でしたし、他作品だったら『ソードアート・オンライン』の「これは、ゲームであっても遊びではない」という素晴らしいキャッチもあります。もちろん「アニメ化決定」とか「何百万部突破《とっぱ》」というキャッチも売り出し方として大切だと思います。『デート』でもありますし、漫画でもよくあることです。でも、作品そのものと作品の雰囲気を表すキャッチは、ハマると作品の強度すら増すんです。

草野　作品を表す言葉だけで勝負するという事は、やっぱりカッコいいなって思います。『デート』の場合、「TVアニメ化決定」についても、この一言だけをさっと明朝体で置いただけというときがありましたけど（笑）。潔《いさぎよ》いスマートな決断だなって思いました。

●会心のデザイン

——これまで手がけてきた『デート』のデザインで、印象に残っているものはどのデザインでしょうか？

草野　どの巻にもそれぞれ思い入れがありますが、やはり1巻はシリーズのベースとなる一冊なので思い入れが強いです。9巻は特にイラストに助けられた（七罪《なつみ》のキャラクターデザインとポーズ、そして、構図）巻というか、七罪のイラストがとりわけ好きなんですよ（笑）。どの巻もイラストの力があるので文字を添《そ》えるだけですが、特に9巻は女児としての七罪をきっちり演出した佇まい＝情感の良さもあってイラストの魅力を強く感じます。もう1つは7巻ですね。1巻と対《つい》になるという担当さんのアイデアもあって、積極的に攻《せ》められました。

担当　1巻のデザインが7巻に繋《つな》がった感覚がありますよね。

——長期シリーズの醍醐味《だいごみ》ですね。

担当　ええ。ただ、その一方で長期シリーズになればなるほど、飽《あ》きられないかなという不安は大きくなります。少しずつバージョンアップしていかないと、編集している自分ですら飽きてしまうことだってありえますから。そういう意味では、よいタイミングで大きなサプライズを提供できたのかなと思います。

草野　1巻の十香と黒十香を対比するため、この巻だけロゴの文字色を黒ベタにして、レイアウトも1巻と同じにしたいとおっしゃっていましたよね。それまで文字の配置はすべて変えてきましたが。

担当　でも、十香の向きだけは1巻とは逆になっているという。また、本文の中にカラーイラストがあったら驚《おどろ》くだろうなということで、挿絵《さしえ》も一箇所《かしょ》だけつなこさんにお願いしてカラーにしてもらいました。

草野　7巻は、単純に驚かすためのギミックではなく、あくまでも理にかなったサプライズが詰《つ》まっていたのがいいですよね。

――つなこさんのイラストで特にお気に入りのイラストなどはありますか？

草野　2巻の四糸乃ですね。正直、最初からかわいいな……衣装を含めデザインをみて最高だな！……と思っていましたが、じんわりと好きになっていって。よくよく考えたら自分はロリだったんだと……（笑）。決定的だったのはアニメ。動いている彼女をみて、より好きになりました。キャラクターでいえば、狂三《くるみ》もいいですね。何かを秘《ひ》めているんじゃないかという気がして、どんどん引き込まれていくんです。敵としても強キャラでカッコいいし、仲間になったとしても嬉《うれ》しいし、すごくいいキャラクターだなと思います。

担当　12個も能力を持っているって、ズルいですよね（笑）。

草野　オッドアイもそうですね。中二的なワクワク感がたっぷり詰まっていて。四糸乃も狂三も大好きです。

●ライトノベルのデザイン

——草野さんはライトノベルをデザインしてみて、新たな発見などはありましたか？

草野　面白いのが、幼さと大人っぽさが常に同居しているところですね。漫画って少年誌と青年誌があって、少年向けだったら『ワンピース』のようにタイトルで世界感を象徴した伝達力の高いロゴになっていることが多いんです。一方で青年誌は自由にデザインされているので、振《ふ》り幅《はば》が両極端《りょうきょくたん》なんですよ。ライトノベルはまさにその中間というか、全体的にどこかポップでカジュアルで幼い部分があるのに、活字で組まれたタイトルロゴも少年漫画のようなロゴマークではない。対象の読者に中高生が多いと聞きますが、まさにその背伸び感が全体のデザインにも表れるのかなと感じました。

——また、草野さんは『デート』以降、ライトノベルのデザインを手がけることが増えましたよね。

草野　もしかすると『デート』を手に取った編集の方が、『こういうことができるし、やってもいいんだ』って思うようになったのがきっかけかもしれないですね。

担当　『デート』を見て、草野さんにデザインをお願いしたいという意見は編集部でも聞きます。

草野　『デート』のような方法（スタイルに固執せず、デザインという行為で作品と向き合う）デザインがなかったわけではないですが、確実に今は『デート』のような方法の作品が増えたという実感はあります。

担当　ライトノベルの立ち位置が変わってきたという理由もあるのかもしれないですね。漫画と一般小説との境界が薄《うす》れていって、ライトノベルがどちらの要素にも近づくことができるようになってきたような気がします。

草野　いずれにせよ、『デート』的なデザインは今やスタンダードですよね。選ぶ手法のうちの一つになった気がします。

――もはや『デート』のデザインは特別ではない、と。

担当　キャラクターがいて背景が切り抜《ぬ》かれたデザインも、ロゴが自由に並べられたデザインも、よく見かけるようになりました。

草野　『俺の妹がこんなに可愛《かわい》いわけがない』のような手書き風タイトルや説明系の長いタイトルが一時期溢《あふ》れていたように、シーンというのはそうやって形成されていくので、それが悪いとは思いませんが、停滞《ていたい》せずにやっていけたらいいですね。

担当　新しいフォーマットを提示したとしてもそれを続けるだけだと、やっぱり飽きられてしまいます。読者の方もとりあえず買うことだけで満足してしまうことがあると思うんです。それは言い換《か》えれば、買われなくなることにも繋がっていく。読んでいただく工夫《くふう》というのは絶対に必要で、それは我々がしっかり考えていかなければならないことだと思います。

草野　もちろん、『デート』には『デート』の世界観があるので、新しいことを仕掛《しか》けるだけがよいことではありませんが、表紙や口絵、目次など一冊の本としてひとつひとつを丁寧《ていねい》に作り上げ、そこに何かしら新鮮《しんせん》なアイデアを込《こ》めていきたいですね。

――では、最後にデザイナーの立場として、今後注目してほしいポイントなどを教えてください。

草野　書体や帯のような普段だと読み流してしまうような部分ですね。何気なく書体を選んでいるわけではなく、作品の世界観を表すような工夫をしていますし、帯も含めて長く愛されるものを作っているつもりなので、ぜひ目を向けていただけたら嬉しいです。その部分にも文脈が用意されています。あと、3巻発売の頃に作ったキャンペーン用のブックレットのようなものにも期待していただきたいですね。というより、また作りたい（笑）。

担当　あれは、いい意味でめちゃくちゃなデザインでした（笑）。十香と折紙《おりがみ》のふたりが表紙と背表紙になっているんですが、もともとはひとつのイラストだったんです。それをまさか別々に使うとは（笑）。でも、すごくいいブックレットになりましたし、おかげさまでご好評をいただきました。

草野　僕も楽しかったです。広告などもそうですが、『デート』は関連商品、関連媒体が本当に多いので、それぞれが面白いものになるように、新たなアイデアを投入しつつひとつひとつ丁寧に作っていけたらなと思います。

――ありがとうございました。

草野剛《くさのつよし》
1973年生まれ東京都出身。株式会社アスキーを経て有限会社草野剛デザイン事務所を設立。武蔵野美術大学非常勤講師。グラフィックデザイン全般の制作を行う。

COVER DESIGN

Cover design rough

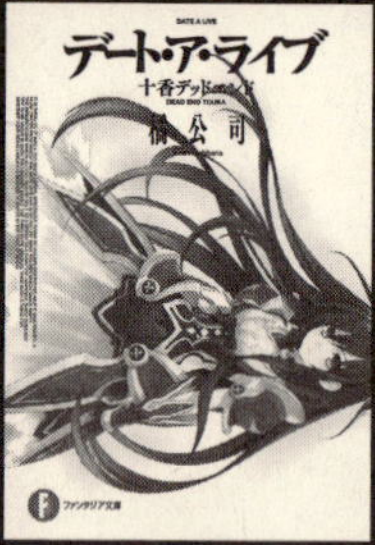

Finished

DATE A LIVE MATERIAL

デート・ア・ノベル

DATE A NOVEL

四月九日

April9

TE A NOV

【五河士道《いつかしどう》　四月九日（日）一三時三〇分】

「ええと、あと足りないものは……っと」

五河士道は自宅のリビングで左手の指を順に折りつつ、メモ用紙にシャープペンシルを走らせていた。

四月九日、日曜日。

春休み最終日であり、明日《あした》から学校という日である。

軽めの昼食を済ませた士道は、夕飯の買い物がてら、明日から始まる学校に備えて、足りない文房具《ぶんぼうぐ》などをピックアップしているのだった。

「シャーペンの芯《しん》にダブルクリップ、それにノート……おっと」

と、左手の方に気がいってしまっていたためだろうか、文字を書き間違《まちが》えてしまう。

士道は小さく息を吐《は》きながらペンケースの中から消しゴムを取り出そうとし、不意に眉《まゆ》をひそめた。

「ん、消しゴムどこやったかな……」

ペンケースを探《さぐ》ってみるが、見つからない。春休みが始まる前に学校で落としてきてしまったのだろうか。……実際、休みに入ってから一度もペンケースを開けていなかったため、今まで気付かなかった可能性は十分あった。仕方なく書き損じた箇所《かしょ》に斜線《しゃせん》を引いてから文字を書き直し、ついでにその下に『消しゴム』と書き込む。

「んー……こんなもんか」

士道は頭をぽりぽりとかきながら、今し方記したメモに再度目を這《は》わせていった。

そして頭の中でメモに不備がないことを確認《かくにん》し、よいしょと年寄り臭《くさ》い声をあげてその場から立ち上がる。

「っと、そうだ」

と、メモを片手にリビングを出た士道は、ふと足を止めた。

そのまま顔を階段の方へ向け、のどを震《ふる》わせる。

「おーい、琴里《ことり》ー。今から買い物行ってくるけど、何か必要なものあるかー?」

叫《さけ》び、二階の部屋にいる妹の琴里に呼びかけるも、返事はなかった。

不審《ふしん》に思い、もう一度、さらに音量を上げて声を響《ひび》かせる。

「琴里ー!　おぉぉぉいっ!」

だが、やはり返事はない。

「……なんだ?　寝《ね》てんのか?」

士道は眉をひそめながらふうと息を吐いた。

ただでさえ暁《あかつき》を覚えぬ春の昼下がりである。先ほど士道渾身《こんしん》のふわとろオムライスデミグラスソース添《ぞ》えを堪能《たんのう》したばかりの琴里が、仄《ほの》かに香《かお》るバターの余韻《よいん》とともに眠《ねむ》りについてしまっていても不思議はなかった。

とはいえ、琴里も明日から学校が始まるはずであるし、起きたあとに必要なものが判明しても二度手間である。今のうちに何か入り用がないか確認しておいた方がよいだろう。

「ったく……」

士道はやれやれと肩《かた》をすくめると、ゆっくりと階段を上っていった。

そしてお手製のネームプレートがかけられた扉《とびら》を、コンコンとノックする。

「琴里ー、寝てんのかー？　入るぞー」

やはり返事はない。士道はノブを回すと扉を押し開けた。

六畳《じょう》ほどのスペースに、ベッド、机、棚《たな》などが配置され、それぞれに可愛《かわい》らしいぬいぐるみや小物が飾《かざ》られている。まさに女の子の部屋といった様相だ。

「ん……？」

士道はそんな部屋をぐるりと見回し、首を傾《かし》げた。

ベッドの上にも椅子《いす》の上にも、琴里の姿がなかったのである。

「なんだ？　トイレか……？」

あごに手を当ててうなるが、それならば先ほど声をかけたときに返事をしていてもおかしくないはずである。琴里が、便座に腰掛《こしか》けながら眠ってしまっているという離《はな》れ業《わざ》でもしていない限りは。

一瞬《いっしゅん》、それもなくはないかも、という考えが頭をかすめるが、さすがに琴里に失礼だろうと思い直す。

「だとすると……」

士道は視線を鋭《するど》くすると、クローゼットをガバッと開けた。

日頃《ひごろ》から士道は、ご飯の前後におやつを食べてはいけないと言い聞かせているのだが、琴里は時折言いつけを破って大好物のチュッパチャプスを舐《な》めていることがあるのである。

そんなとき士道に踏《ふ》み込まれると、焦《あせ》った琴里は決まってここに身を隠《かく》すのだ。実際、今までも何度かそんなことがあった。

だが……

「……あれ？」

クローゼットの中にも、琴里の姿はなかった。代わりに、中に積まれていた服や雑誌、小物なんかが足元にくずれ落ちてくる。

「なんだ、本当にいないのかよ。どっかに出かけたのか……？」

士道は再び眉をひそめて息を吐《つ》いた。

どこかに出かけるときは必ず一言残していく妹なのだが……そろそろ反抗期《はんこう》だろうか。

そんな思考が頭を過《よ》ぎると同時、白いリボンのよく似合う、無邪気《むじゃき》で脳天気な琴里の顔が思い出され、ははっ、と力ない笑《え》みが自然とこぼれる。

なんというか、「琴里の反抗期」というものが、まったく想像できなかったのである。

大方、士道が琴里の行ってきますを聞き逃《のが》してしまっただけだろう。そう結論づけて、士道はクローゼットを閉めようとした。

が、足元に散らばった雑誌や服などが引っかかり、扉が動かない。士道はため息を吐く
と、その場に膝《ひざ》を折ってそれらを拾い始めた。

「ったく、滅茶苦茶《めちゃくちゃ》に詰《つ》め込みやがって。帰ってきたら片付けさせねえと……」

と、しわだらけの服を綺麗《きれい》にたたみ始めた士道は、不意に眉の端《はし》をぴくりと動かした。

ファッション誌や漫画《まんが》の間から、何やら見慣れぬ雑誌が顔を覗《のぞ》かせていたのである。

「ん？　なんだこりゃ」

士道は何とはなしにその雑誌を手にとり、その表紙に目をやった。

『大満足デートマップ　天宮《てんぐう》市編』

「…………ん？」

瞬間。頬《ほお》に汗《あせ》が一すじ垂れ、表情が強《こわ》ばっていくのを感じた。

「……よし、落ち着こう、一旦《いったん》落ち着こうぜ士道、な？」

なんて独り言を呟《つぶや》き、一度雑誌をその場に置いてから目を伏《ふ》せ、大きく深呼吸。ごしごしと目元を擦《こす》ってから頬を張り、よし！　と気合いを入れてから再度雑誌を手に取る。

だが、当然のことながら雑誌のタイトルは変わっていなかった。

頬をぴくぴくと動かしながら雑誌をパラパラと捲《めく》り……いかにも楽しそうなデートスポット紹介《しょうかい》を眺《なが》めてから、ごくりと唾液《だえき》を飲み下す。

士道の頭の中に、繁華街《はんかがい》で待ち合わせをする、琴里と見知らぬ少年の姿が想像された。

（ごめんごめん琴里ちゃん、待った？）

（ううん、今来たところだよー）

（それで、ドコ行こうか）

（うん、昨日チェックしてたお店があるんだ！　こっちこっち！）

(わっ、ちょっと待ってよ琴里ちゃん！)

(ふふっ、のんびりしてたらおいてっちゃうよー)

(あははは)

(うふふふ)


「い、いやいやいやいや……まさかな」

士道はブンブンと首を振《ふ》った。

いきなりのことに少々驚《おどろ》いたが……よく考えてみれば別におかしなことはない。こういった本は女友達のグループで遊びに行く場所を決めるのにも役立つだろうし、本を囲んでキャッキャと騒《さわ》ぐだけでも楽しいだろう。何も琴里にカレシがいるだとか、そんなことの証左《しょうさ》になるはずがない。

「そうそう、そうに決まってるよな……いくらなんでもあの琴里にカレシだなんて」

士道は乾《かわ》いた笑みを浮《う》かべながら、自分に言い聞かせるようにうんうんとうなずいた。

胸に手を置いて動悸《どうき》と呼吸を落ち着けてから、片付けを再開する。

――だが、そこに積まれていたのはその本だけではなかった。

次いで目に入った本のタイトルを認識し――士道はピタリと全身の挙動を止めた。

『ちょっと大人のデートコース　夜の街の楽しみ方』

『完全ラブホガイド』

「こ、これは……」

先ほどのそれよりもそこはかとなくアダルティな雰囲気《ふんいき》の漂《ただよ》う本を手に取り、士道は顔中にびっしりと汗を浮かべた。

震える手でページを捲る。中には、小じゃれたバーや、ワンランク上の高級レストランの紹介記事、そして……一八歳未満立ち入り禁止の、ご休憩《きゅうけい》のあるホテルの紹介などが記されていた。

しかもその中の一つ——士道たちの家からほど近い繁華街にある、お城のようなホテルに赤ペンで丸が付けてあったりする。

士道は思わず雑誌のページに爪《つめ》を突《つ》き立てていた。

「クソがァッ！　どこの馬の骨だウチの琴里に手ェ出しやがったのはッ!!」

目を血走らせながら叫び、血が出んばかりに歯を嚙《か》みしめる。

士道の頭の中には、先ほどの想像の続きが展開されていた。琴里と少年（なぜか先ほどよりもチャラくなっている）が、ネオンに彩《いろど》られた夜の繁華街を歩いている。

（おっと……終電なくなっちまったな）

（えっ、もうそんな時間なの？　困ったな……おにーちゃんに怒《おこ》られちゃう……）

（まあしょうがねーべ。ほら、とにかくもう今日は帰れねーんだから、泊《と》まってくしかねえだろ？）

（え、でもぉ……）

（ダイジョーブダイジョーブ！　何もしねーからさ！）

（本当……？）

（本当本当！　マジ俺真面目《まじめ》な男よー）

（うーん……じゃあ……私、あのお城のところがいいな）

「くそッ、くそッ、くそッ……！　相手はどこのどいつだ……！　同じ中学のヤロウか⁉　絶対探し出してブチ殺してやるッ！」

琴里は中学二年生。まだ一三である。許されない。たとえ神が許しても士道が許さない。無垢《むく》な琴里を騙《だま》し誑《たぶら》かした男に制裁を……ッ！

士道は悪魔《あくま》のような形相でクローゼットの中を漁《あさ》り始めた。もしかしたら、その相手の情報がどこかにあるかもしれない。

と、積まれた本の山を一冊ずつチェックしていた士道は、またも身体《からだ》を硬直《こうちょく》させた。新たに発掘《はっくつ》された本。そのタイトルを目《ま》の当たりにして。

『オンナゴコロを解き明かす一〇〇の方法』

『実録！　最強ナンパ術』

『女の子の口説《くど》き方』

「…………、え……？」

士道はつい今し方までの怒気《どき》を完全に失い、目を泳がせた。

「女、の子の……え……？」

頬をぴくつかせながらその言葉を反芻《はんすう》し、混乱する思考を落ち着けるように側頭部をコンコンと数度叩《たた》く。

士道は改めて前提条件を整理してみた。

五河琴里は士道の妹である。

そう、妹。

自分より年下の、女性のきょうだいだ。

これに関しては間違《まちが》いない。本当は琴里は男の子で、両親が何らかの事情でそれを隠して女子として育てていた……とかそんな事実はないはずだ。実際、幼少期に士道は何度も一緒《いっしょ》にお風呂《ふろ》に入っていたのだから間違えようがない。

ということは……

「……ドウイウコト？」

士道はまんまるに目を見開き、想像を巡《めぐ》らせた。

琴里を連れてホテルに入った馬の骨くん（士道命名）が、部屋に入るなり首もとに手をやり、ぺりぺりと音を立てて顔から特殊《とくしゅ》メイクのマスクを剝《は》がしていったのである。中からふぁさっと広がる長い髪《かみ》。端整《たんせい》なお顔。ついでにがばっと胸元《むなもと》をはだけると、そこにはサラシで抑圧《よくあつ》された大きな胸が隠されていた。

（ふぅ……男の真似《まね》も疲《つか》れるわね）

（お姉様、やっぱりそっちの方が素敵《すてき》です）

（ふふっ、琴里ちゃんたら、口が上手《うま》いんだから。嬉《うれ》しいこと言ってくれるじゃない。さ……今日は楽しみましょう？）
（はい……でも……）
（大丈夫《だいじょうぶ》よ）
（お姉様、私……怖《こわ》い……）
（心配ないわ。私に任せて……んっ）
（あむ……っ、ん、んん……っ）
視界中に真っ白い百合《ゆり》の花が咲《さ》き乱れる。
「う、うわぁぁぁぁぁぁぁぁぁぁぁっ!?」
士道は想像を振り払《はら》うように頭をブンブンと振った。
と、その拍子《ひょうし》にまたも雑誌の山が崩《くず》れる。
するとまたも、士道の見知らぬ本が散らばった。
『ゲシュタポ式拷問術《ごうもんじゅつ》』
『縛《しば》り方百選』
『主従関係の作り方　マスターとスレイブの構造学』

『魔性《ましょう》の人心掌《しょう》握術《あく》～もうあなたなしでは生きられなくなる～』

「…………」

士道の顔面に、困惑《こんわく》の色が浮かぶ。

想像の中で『お姉様』に弄《もてあそ》ばれていた琴里が急にバサッとシーツを翻《ひるがえ》したかと思うと、次の瞬間《しゅんかん》にはその全身が、光沢《こうたく》のあるボンデージスーツに包まれていた。

逆に、『お姉様』は身体を亀甲縛《きっこうしば》りにされ、三角木馬に跨《また》がらされていたりする。

（……っ、な、何をするの、琴里ちゃん……！）

（琴里……ちゃん？）

ピシィ！　琴里が（いつの間にか）手にしていた鞭《むち》で床《ゆか》を打つ。

（ひ、ひぃ……っ）

（もう一度言ってくれるかしら？）

（こ、琴里……様……）

（ふふ、偉《えら》いわねえ、理解の早い子は好きよ？）

妖《あや》しい笑《え》みを浮かべた琴里が『お姉様』の頬《ほお》を優《やさ》しく撫《な》でる。

（は、はい……）

（偉い子にはご褒美《ほうび》をあげなくちゃね。ねぇ、嬉しい？）

（はい……っ、う、嬉しいです……）

（そう。それはよかった……わっ！）

ピシィ！

（ひぃん！）

（あははははっ！　可愛《かわい》いわよお姉様ァ？　嬉しい？　ねえ嬉しいィ!?）

ピシィ！　ピシィ！

（や……っ、あ、ああ……っ、う、嬉しいです！　嬉しいですからぁ……っ！）

「…………さ、さすがにそりゃねぇか……」

度を越《こ》した想像に、逆に冷静さを取り戻《もど》すことができた。

力ない笑みを浮《う》かべながら、散らばった本を重ね始める。

いくらなんでも士道の想像力が逞《たくま》しすぎた。どう考えても性格が違いすぎる。あの脳天気で明るい妹が、一体何をしたらそんなスーパーサディスティックガールに変貌《へんぼう》するというのか。

あり得ない。あり得なさすぎる。もしそんなことが現実に起こったなら、士道は鼻でスパゲッティを食べ、目でピーナッツを嚙《か》むレベルである。

きっとこの滅茶苦茶《めちゃくちゃ》なチョイスの本も、友達が置いていったとか、どこかで拾ってきて枕代《まくらが》わりにしているとか、そんなところだろう。きっとそうに違いない。

士道はそう納得《なっとく》することにして、本と服を綺麗《きれい》に並べ直し、クローゼットの扉《とびら》を閉めようとした。

が、最後の最後で何かが引っかかって、扉が閉まりきらない。士道は不審《ふしん》そうに眉《まゆ》をひそめながら扉の下部に目をやった。

「ん？　何だ……？」

そして、表情を凍《こお》らせる。

何しろそこにあったのは、ＳＭの女王様が愛用していそうな、漆黒《しっこく》の鞭だったのだから。

――翌日・四月一〇日。

士道は今まで考えもしなかった世界の裏側を知り……ついでに、可愛い妹のもう一つの顔を知ることとなる。

【鳶一折紙《とびいちおりがみ》　四月九日（日）一四時二〇分】

季節は春。時刻は昼下がり。天気は快晴。

だというのに、そのマンションの一室は今、窓という窓をカーテンで覆《おお》われており、まるで黄昏時《たそがれどき》のように薄暗《うすぐら》かった。

とはいえ、この部屋の主《あるじ》——鳶一折紙は別に睡眠《すいみん》をとっているわけでもなければ、写真の現像をしているわけでもない。ただ部屋の隅《すみ》に置かれたパソコンに向かいながら、部屋の中で唯一《ゆいいつ》光を放つディスプレイを真剣《しんけん》な眼差《まなざ》しで見つめているだけだった。

「…………」

無言のまま、二一・五インチの画面に所狭《ところせま》しと展開された幾《いく》つものウインドウと、そこに羅列《られつ》された複雑な文字列を目で追いながら、カチカチという断続的なクリック音を響《ひび》かせる。

折紙は今、自分の通う都立来禅《らいぜん》高校のローカルエリアネットワークに不正アクセスを試みている最中だった。

昼間だというのにカーテンを閉め切っているのもそれが理由である。

とはいえ、この部屋の窓ガラスは防弾《ぼうだん》処理が施《ほどこ》されている上、覗《のぞ》き見《み》防止用のフィルムを貼《は》ってあるため、特殊な機材を用いない限りは盗撮《とうさつ》などできるはずもない。どちらかというと、この外界から隔絶《かくぜつ》された空間を作った理由は、作業を安定させるための心理的要因の方が大きかった。

パソコンの脇《わき》に置かれていたカロリーメイト（チーズ味）を昼食代わりに齧《かじ》りながら、休みなく指と目と脳を稼働《かどう》させる。

と、幾度目かのトライの末、新たなウインドウが画面中央に表示される。折紙がマウスを操作すると、膨大《ぼうだい》な数字の羅列がめまぐるしく上方にスクロールしていき――幾つものフォルダが内包されたウインドウが展開された。

どうやら、セキュリティを突破《とっぱ》することに成功したらしい。明確な敵を想定していない学校のセキュリティなど、折紙の手にかかればこんなものである。

「………………」

声は発さず。表情も変えず。しかしぐっと手を拳《こぶし》の形にする。

折紙は食べかけのカロリーメイトを口に押し込むと、もぐもぐと咀嚼《そしゃく》しながらマウスを操作した。

恐《おそ》らくファイルを作成した教諭《きょうゆ》がものぐさか、パソコンに疎《うと》かったりしたのだろう。フォルダの名称《めいしょう》が『新しいフォルダ』『新しいフォルダ（2）』『新しいフォルダ（3）』……以下略となっており、一見しただけでは内容を知ることができない。

とはいえ、ここまでくればあとは順に調べていくだけである。折紙はカーソルを『新しいフォルダ』に合わせてマウスをクリックした。

中には、数枚の文書ファイルが保存されていた。

一瞬『目的のもの』かと思ったが――違《ちが》う。どうやらそれは、新学年に上がった際に行われる実力テストの問題用紙のようだった。

「…………」

興味なさげに息を吐《は》いて、フォルダを閉じる。

普通《ふつう》の生徒からしたなら喉《のど》から手が出るほどに欲《ほ》しいファイルなのかもしれなかったが、折紙にとっては僅《わず》かばかりの興味さえも湧《わ》かない路傍《ろぼう》の石の如《ごと》き情報にすぎなかった。こんなもののために何時間もかけてセキュリティを突破するくらいなら、その時間参考書でも読んでいた方が手っ取り早いし、何よりノーリスクだ。

折紙が求めているのはそんなものではない。

バレれば停学程度では済まぬやもしれないリスクを負ってでも得なければならない情報。

それは――

「クラス表は……どこ」

独り言を呟《つぶや》きながら、『新しいフォルダ（2）』を開く。

そう——折紙が欲《ほっ》しているのは、明日《あした》昇降口《しょうこう》に貼り出されるであろう新学年のクラス編成表なのだった。

価値観は人それぞれである以上、そんなものに途《と》方《ほう》もない労力を傾《かたむ》ける折紙を異常という人間もいるやもしれないが、折紙にとってそれは、何の冗談《じょうだん》でもなく千金に値《あたい》するレベルの重要情報なのである。

無論——それには理由があった。

今からおよそ一年前。折紙が都立来禅高校に入学した頃《ころ》。

入学式の新入生入場の際に、折紙は別のクラスに、ある少年を発見したのだ。

そのときの折紙の衝撃《しょうげき》といったらない。

精悍《せいかん》な顔つきに、誠実そうな眼差し。確かに顔立ちは少し大人びていたが……それは間違いなく、あのときの少年だったのである。

だが予想外の再会を喜ぶ一方で、折紙の心には途方もない後悔《こうかい》の念が広がっていた。

単純な理由である。せっかく同じ高校にいるというのに、よりにもよってクラスが別だったのだ。

無論、部活や委員会など、高校生の学校活動は様々である。しかしなんだかんだ言っても、もっとも長い時間を過ごすのは自分のクラスに他《ほか》ならない。

事実、この一年間様々なアプローチを試みてきたものの、彼には一向に認識《にんしき》されずに終わってしまっていた。それもこれも全《すべ》て、クラスが違うのがいけないのである。

折紙にできたことといえば……終業式の教室移動の際、『戦利品』を手に入れることくらいだった。

「クラスさえ……同じなら」

折紙はテーブルの上に置かれていた使いかけの消しゴムを撫《な》でながら言った。

そう。クラスさえ同じなら、彼も折紙のアプローチに気付いてくれるはずである。

否《いな》、それどころではない。もしかしたら向こうから告白してくる可能性だってある。そうだ。そうに違いない。

だから今回、折紙はクラス編成の調整を試みていた。

何も教諭に金を握《にぎ》らせただとか、弱みを握って脅《おど》しただとかそういうことはしていない(無論、念には念を入れて十分な額の現金と、クラスを受け持つであろう教諭全ての盗撮写真は用意してあるが、それはあくまで最終手段である)。

基本的にクラス編成は、まず生徒たちの選択《せんたく》科目によって大枠《おおわく》が決められる。

そこで折紙は事前に入念な調査を繰《く》り返し、彼の選択科目を完璧《かんぺき》に把握《はあく》した上で、自分の選択をそれに合わせて変更《へんこう》していたのである。

教師からは、受験のためにもちゃんと考えた方がいいとしつこく言われていたが、一切《いっさい》聞く耳は持たなかった。もとより受験など、どの科目を選んでいようがどうにでもなる。

芸術科目・美術、理科科目・物理のクラスは三組および四組。つまり、折紙と彼が一緒《いっしょ》のクラスになれる可能性は二分の一だ。

要は、ここまでしても五〇パーセントは別のクラスになってしまう可能性があるのである。

ゆえに、編成表が正式発表される前に、一度確認しておく必要があったのだ。

細く息を吐きながら、順にフォルダを開いていく。

保護者会のお知らせ……授業参観要項《ようこう》……部活動予算内訳……様々な書類が保存されているが、一向に目的のものが見当たらない。

折紙はついに最後のフォルダ――『新しいフォルダ（9）』にカーソルを合わせた。と。

「…………！」

そのフォルダをクリックしようとした瞬間《しゅんかん》、折紙はぴくりと肩《かた》を動かした。

理由は単純。薄暗い部屋の中に、パソコンの駆動音《くどう》とマウスのクリック音以外の音が響き渡《わた》ったからだ。

ピンポ――ン、という、音が。

「…………」

折紙はほんの少しだけ煩《わずら》わしげに息を吐くと、その場から立ち上がってインターホンの方に歩いていき、受話器を取った。

「はい」

『あ、どうも。田川急便です。鳶一さん……でよろしいですか？　折紙さん宛《あ》てに小包が届いているのですが』

小さな画面の中に映った宅配便の配送員が、手に持った小さなダンボール箱を示しながら言ってくる。

一瞬のうちに記憶《きおく》を照合。そういえば二日ほど前ネット通販《つうはん》で注文した品物があったはずだった。

「どうぞ」

折紙は短く応《こた》えると、エントランスの扉《とびら》を開けた。

画面の中の配送員が小さく頭を下げてマンションの中に入ってくるのを目の端《はし》で確認し

ながら、折紙はゆっくりとした足取りで玄関《げんかん》の方へと歩いていった。

そして、慣れた調子で、玄関の足元に張られていた赤外線センサーと、それに連動して発動する催涙《さいるい》スプレーの噴霧《ふんむ》装置を停止させておく。

無論、配送員が突如《とつじょ》暴漢と化す可能性も捨てきれないため、レッグホルスターには常に9㎜拳銃《けんじゅう》が忍《しの》ばせてある。女の子の一人暮らしは危険がいっぱいなのだ。これくらいは乙女《おとめ》の嗜《たしな》みだろう。

ほどなくして、ブー、と部屋の呼び出しブザーが鳴る。

折紙はそれと同時にロックとチェーンを外し、扉を開けた。

「どうも、ここに判子かサインお願いします」

「…………」

折紙は無言でポケットからペンを取りだし、サインをしたためると（無論、その間隙《すき》ができないよう常に配送員に気を配っている）、荷物を受け取った。

「はい、ありがとうございまーす」

言って、配送員が帽子《ぼうし》を軽く持ち上げて挨拶《あいさつ》をし、去っていく。

折紙はすぐにトラップを再稼働させると、ダンボール箱を抱《かか》えてリビングへと歩いていった。

入念に中の安全を確かめてからガムテープを剝《は》がし、中身を確認する。

「…………」

中には、梱包《こんぽう》材にくるまれたシャープペンシルや定規、ノートなどの文房具《ぶんぼうぐ》が収められていた。

明日から新学年。そのための準備である。

とはいえ、別に今まで使っていたペンや定規が破損したわけでも、ノートを使い切ってしまったわけでもない。

これらの文房具は、彼が使っているそれと同じ種類のものなのである。

別に、同じクラスになったからといって、隙を見て彼の文房具と自分のそれを入《い》れ替《か》えてしまおうだとか、そんなストーカーじみたことをするつもりはまったくない……こともないが、まあ、主な理由は別にあった。

そう。たとえばもし同じクラス、しかも隣《となり》の席や同じ班、同じ係や委員会などに所属して、ともに授業を受けたり仕事をしたりする際、同じデザインの文房具を使っていたなら、それだけで会話の糸口を作ることが可能だろう。もしかしたら、彼の方が気付いて向こうから話しかけてきてくれるかもしれない。

「…………」

折紙は無表情のままフスー、と興奮気味に鼻から息を吐き、それらの文房具を通学鞄《かばん》に収めていった。

しかし、そんなウルトラハッピーイベントも、そもそも同じクラスになっていなければ起こり得ない。

折紙は中断してしまっていた確認作業に戻《もど》るべく、再びパソコンの前に座った。

そしてマウスをクリックし、最後のフォルダを開く。

「…………！」

折紙はこくんと唾液《だえき》を飲み込んだ。そのフォルダの中には、『二〇××年度クラス編成表』というタイトルのついたエクセルファイルが収められていたのである。

遂《つい》に見つけた。緊張《きんちょう》に乾《かわ》く唇《くちびる》をぺろりと舐《な》めながらそのファイルを展開、画面を新二年生の欄《らん》までスクロールさせた。

そして、念のため一組から順に、生徒の名前を確認していく。

一組、二組には折紙の名も彼の名も見当たらなかった。ここまでは予想通りである。

問題はここからだ。折紙は三組の一覧を表示させるべく、マウスのホイールに人差し指を置いた。

と、その瞬間、静かな部屋にピルルルルルル、という軽快な音が鳴り響《ひび》き、折紙の動作を一瞬停止させた。

「……？」

折紙は微《かす》かに眉《まゆ》をひそめながら首を後方に回した。聞き覚えのある音。折紙の携帯《けいたい》電話の着信音である。曲名は『着信音1』。買って以来一切設定を弄《いじ》っていないため、初期設定のままになっているのだ。

またいいところで邪魔《じゃま》が入ってしまったが、仕方ない。折紙は椅子《いす》から立ち上がると、テーブルの上に放置されていた携帯電話を手に取った。

画面に『藤村二《ふじむらに》曹《そう》』の名が表示されているのを確認してから通話ボタンを押し、耳に押し当てる。

「もしもし」

『あー、もしもし？　オリガミですかー？　どもー、みんな大好きミリィさんですよー』

トーンもテンションも甲高《かんだか》い声が、電話の向こうから聞こえてくる。

折紙が所属する陸上自衛隊対精霊部隊《AST》のメカニック、ミルドレッド・F・藤村二等陸曹だ。あまり人と関《かか》わらない折紙の、数少ない友人の一人である。

「なにか用？」

折紙が煩わしそうな調子で訊《き》くと、ミリィが不満そうな声で返してきた。

『あー、何ですかその態度はー。せっかくオリガミに頼《たの》まれてた「例のモノ」が手に入ったから報告あげましたのにー』

「……！」

その言葉に、折紙はぴくりと眉の端を動かした。

「手に入ったの？」

『苦労しましたよー。国によっては所持すら禁止されてるトコロもありますからねー』

「感謝する」

『いえいえー。ちゃんとお代はいただきますんでー』

「それで、使用法は？」

『ベリーイージーですよー。コーヒーか何かにでも溶《と》かして飲ませるだけで、もうビンビンのギンギン、一瞬のうちにお猿《さる》さんですよー。きゃー！　メチャクチャにしてー！』

電話の向こうで身を捩《よじ》っているのだろう、バタバタという音が聞こえてくる。

『ただ、一グラムで象さんを発情させちゃうくらいの超《ちょう》高純度品なんで、取り扱《あつか》いには注意してくださいねー。一度に使いすぎるとマジヤバいのでー』

「了解《りょうかい》した」

折紙が短くそう言うと、ミリィが意味ありげな含《ふく》み笑いを漏《も》らしてきた。

『くふふ……それでぇ、オリガミは一体誰《だれ》と少子化対策しようってんですかー？　別にペットの繁殖《はんしょく》に使おうってんじゃないんでしょー？』

「……、使える状況《じょうきょう》になるか否《いな》かを、今確認《かくにん》している最中」

言いながら、ちらとパソコンの方を一瞥《いちべつ》する。

『きゃー！　勿体《もったい》ぶっちゃってこのスケベ！　いいじゃないですのー、言ったんさい言ったんさい。一体――』

「………………」

これは長くなるパターンだ。そう判断して、折紙は電話を切った。

そして携帯電話をテーブルに置いて再びパソコンの方に歩いていき、椅子に腰《こし》を落ち着ける。

二年三組クラス編成表。そこに記された名前の羅列《られつ》を、慎重《しんちょう》に一つずつ確認していく。

「………………」

そして最後まで目を通し終えたのち、もう一度最初から舐めるように画面を見つめ――

折紙は、無表情のままグッと拳《こぶし》を握《にぎ》った。

三組の一覧には、二人の名前はなかったのである。

つまり――二人とも、二年四組に組み込まれている可能性が高い。

「……いや、まだ安心はできない」

折紙は小躍《こおど》りしてしまいそうな心地《ここち》を抑《おさ》え、再びマウスのホイールに指を置いた。

そう。万が一ということもある。彼がギリギリで選択《せんたく》科目を変更《へんこう》している可能性だってあるし、選択科目の希望者が多く、通常二クラスに分配されるべき生徒が、今年だけ三クラスに分けられていたりする可能性だって、絶対にないとは言い切れない。

折紙と彼の名が記されているのをこの目で確認するまでは、喜びの舞《まい》はお預けである。

画面をスクロールさせ、二年四組の一覧を表示させる。

そして、先ほどと同じように最上部から慎重に視線を這《は》わせ——

「……ッ！」

そこで、折紙は息を詰《つ》まらせた。

沈黙《ちんもく》に支配された部屋に響き渡る甲高い音。そう。三たび、邪魔が入ったのである。

しかも今度の音は、来客を示すインターホンでも、私用の携帯電話の着信音でもなかった。

——陸自ASTの専用通信端末《たんまつ》が、ビーッ、ビーッと不穏《ふおん》な騒音《そうおん》を響かせていたのである。

さすがにそれを無視するわけにもいかない。折紙は速《すみ》やかに席を立つと、通信端末のボタンを押した。

『……！　鳶一一曹、今天宮市の西部区域一帯に、空間震《くうかんしん》警報が発されました！　この反応は先月と同じ──恐《おそ》らく〈プリンセス〉です！　至急出動願います！』

「…………」

『鳶一一曹？』

「……了解。今すぐ向かう」

折紙は短く応《こた》えると、端末の通話を切った。

「…………精霊《せいれい》。こんなときに」

そしてギリと奥歯を嚙《か》みしめると、パソコンをスリープ状態にしてから外に駆《か》け出していった。

──翌日・四月一〇日。

折紙は彼──五河士道と同じクラスになった。

そしてあまつさえ、戦場で士道と遭遇《そうぐう》することに、なった。

【五河琴里　四月九日（日）一四時三〇分】
「——待たせたわね」

　そう言いながら五河琴里がブリーフィングルームに入ると同時、部屋の中央に設《しつら》えられた円卓《えんたく》に着いていたクルーたちが、一斉《いっせい》に立ち上がって敬礼を寄越《よこ》してきた。

「いいわ、そのままで」

そんな彼らの動きを制するように手をひらひらさせるも、クルーたちは姿勢を崩《くず》そうとはしなかった。小さく肩《かた》をすくめながら歩いていき、最奥《さいおう》の席に腰掛《こしか》ける。するとようやく、クルーたちも席に着き直した。

——傍《はた》から見たなら、それはさぞ異様な光景であったろう。

琴里は自嘲《じちょう》気味に鼻を鳴らしてから、鏡面のように綺麗《きれい》に磨《みが》き上げられた手元のパーソナルディスプレイに視線を落とした。

そこには、黒いリボンで長い髪《かみ》を二つに括《くく》った、如何《いか》にも生意気そうな女の子が映り込んでいる。皆《みな》と色違《いろちが》いの深紅《しんく》のジャケットを肩掛《か》けにし、偉《えら》そうに足を組み、あまつさえ口にはチュッパチャプスまでくわえている。

そんな無礼極《きわ》まる小さな少女を、大の大人たちが恭《うやうや》しく敬礼までして迎《むか》えるというのだ。事情を知らぬ者——たとえば琴里の義兄である士道なんかが見たなら、驚愕《きょうがく》に言葉を失ってしまうやもしれなかった。

「……ふふっ」

そんな詮《せん》ない想像に、思わず唇の端《はし》を緩《ゆる》めてしまう。

士道なら、ここを訪《おとず》れた段階で絶句してしまうに違いない。琴里は体重をかけるように背もたれに身体《からだ》を押し付けた。

普通《ふつう》にしている分にはほとんどわからないが、意識を集中させると、小さな駆動《くどう》音と微《び》細《さい》な振動《しんどう》を感じ取ることができる。

そう。このブリーフィングルームが存在しているのは、地面に聳《そび》えたビルディングや、地下に設えられたシェルターの中などではない。

天宮市上空一万五〇〇〇メートルに浮遊《ふゆう》した空中艦《かん》——〈フラクシナス〉。その直中《ただなか》に位置しているのである。

無論、普通に考えれば、全長二五〇メートルを超《こ》える巨大《きょだい》な金属塊《かい》が、ここまでの静粛《せいしゅく》性と安定性を保って空中に静止し続けられるはずがない。明らかに、異常な水準の技術レベルである。

だがそんな――人智《じんち》を一つ二つ超えた程度の技術力を持っていてなお困難を極めるくらいに、琴里たちに与《あた》えられた任務は滅茶苦茶《めちゃくちゃ》なものだった。

と。

「――それでは、全員集まったところで、定例報告会を始めましょう」

琴里の右隣《みぎどなり》の席に腰掛けた副司令・神無月恭平《かんなづききょうへい》がそう言うと同時、琴里の視界から自分の顔が消え去った。真っ暗だったディスプレイに、映像が映し出されたのである。

それは、天宮市の一部を望遠で撮影《さつえい》したものだった。

だが……それを天宮市の人々に見せたところで、自分の住んでいる街と認識できる者は少ないかもしれない。

何しろ、地面は隕石《いんせき》でも衝突《しょうとつ》したかのように抉《えぐ》れ、建造物は滅茶苦茶に破壊《はかい》されているのである。無惨《むざん》に剝《は》がされた道路の舗装《ほそう》。支柱だけが残った高架橋《こうか》。少なくとも、人間が安全且《か》つ文化的な生活を送れる街には見えない。

加えて――

『――総員、攻撃《こうげき》開始！』

部屋に設えられたスピーカーからそんな声が響《ひび》くと同時、ドドドドドドドッ！　という騒音が轟《とどろ》き渡《わた》り、画面内に凄《すさ》まじい爆発《ばくはつ》と煙《けむり》を巻き起こした。

画面上部――空に、機械を纏《まと》った人間たちが浮遊している。今の攻撃は間違いなく、彼らの手によるものだった。

陸上自衛隊AST。世界を蝕《むしば》む災害『空間震』の原因を排斥《はいせき》するために組織された特殊《とくしゅ》部隊である。

まるで映画のワンシーンのような光景。しかしこれは、CGでも妄想《もうそう》でもなく、現実にこの日本国内で起きていることなのだ。

だが、映像はそれで終わりではなかった。

それはそうだ。彼らは何も、無為《むい》に弾薬《だんやく》や装備を消費するために出動しているわけではない。

『――』

――ぃぃん、と、耳鳴りのような音が鳴る。

それと同時に、画面内に満ちていた濃密《のうみつ》な煙が真っ二つに断《た》ち斬《き》られた。

否、煙だけではない。地面や崩落《ほうらく》した建造物の残骸《ざんがい》までもが滑《なめ》らかな断面を晒《さら》し、更《さら》にはその延長線上にある空中にも剣圧《けんあつ》の塊《かたまり》とも言うべき空気の線が伸《の》びていった。

そこにいたAST隊員が慌《あわ》てて回避《かいひ》を行うも、装備の一部が削《けず》り取られ、しばらく滞空《たいくう》したのち地面に落ちていく。

そして煙が晴れ——その太刀《たち》筋《すじ》の主《あるじ》が姿を現した。

そこに立っていたのは、冗談《じょうだん》としか思えないくらいに綺麗な少女だった。ぼんやりとした不思議な輝《かがや》きを放つ光のドレスを身に纏い、右手に大きな幅広《はばびろ》の剣を握っている。

風に遊ぶ髪は漆黒《しっこく》に近い夜の色。端整《たんせい》な貌《かお》の中央に鎮座《ちんざ》した双眸《そうぼう》はまるで水晶《すいしょう》のようである。

だが、その美しい貌に浮《う》かんだ表情は、お世辞にも彼女の魅力《みりょく》を引き立てるものとは言い難《がた》かった。

陰鬱《いんうつ》そうに歪《ゆが》められた眉《まゆ》。引き結ばれた唇《くちびる》。敵意と憎悪《ぞうお》に彩《いろど》られた目。

それら全《すべ》てが示すのは——途《と》方《ほう》もない倦怠《けんたい》と絶望に他《ほか》ならなかった。

『……また、貴様等か』

少女が吐《は》き捨てるように声を発し、剣の柄《つか》を握る手に力を入れる。

次の瞬間《しゅんかん》には先ほどと同じように街が両断され、その景色を一瞬のうちにがらりと変えた。

——圧倒《あっとう》的にして、絶対的な力。

見目こそ麗《うるわ》しいものの、彼女は明らかに人間とは異なる存在だった。

彼女こそが『空間震』の原因と目される、特殊災害指定生命体——通称《つうしょう》・精霊《せいれい》である。

「……あ、改めて見てみると、とんでもないですね」

と、円卓に着いたクルーの一人——〈社長《シヤチヨサン》〉幹本《みきもと》が額に汗《あせ》を垂らしながらうめくように呟《つぶや》く。

「本当に……可能なんでしょうか、こんな少女を相手取って——」

「今さら泣き言なんて聞きたくないわ」

琴里は部下の弱音を切って捨てると、ふうと息を吐いてあごに手を置き、画面の中の少女を改めて見つめ直した。

精霊。世界を殺す災厄《さいやく》。

そんな物騒《ぶつそう》な名前で呼ばれるにはあまりに美しく——痛ましい少女を。

「——私たちがやらなければ、何の冗談でもなく世界はそのうち滅《ほろ》びてしまうわ。ASTを始めとする各国の対精霊部隊も頑張《がんば》ってはいるみたいだけれど、正直、相手になっていないのが現状。——それに」

口にくわえたチュッパチャプスをガリ、と齧《かじ》る。

「私たちが諦《あきら》めたら、その瞬間、彼女たちの救いはこの世からなくなるわ」

琴里の言葉に、クルーたちはごくりと唾《つば》を呑《の》んだ。

琴里たち〈ラタトスク機関〉の目的。

それは——空間震の原因たる精霊を平和的手段で以《もっ》て無力化し、普通の生活を送れるようにすることなのである。

考えようによっては、単純な殲滅《せんめつ》作戦より遥《はる》かに難易度の高いミッションだ。

だが、琴里たちがやらねば、彼女らは永劫《えいごう》、人間に刃《やいば》を向けられながら生きねばならないのである。

そんなことは……琴里には、決して許容できなかった。

——一歩間違えば、琴里があの少女のようになっていたかもしれないのだから。

「…………っ」

クルーたちの不思議そうな視線に、琴里は小さく息を詰《つ》まらせた。もしかしたら、少し思い詰めた表情を作ってしまっていたかもしれない。

気を取り直すようにブンブンと首を振《ふ》る。偉そうなことを言っておきながら、自分が部下を不安がらせてどうするというのか。

「で、これはいつの映像だっけ？」

「……ん、今からおよそ三週間ほど前だね」

琴里が問うと、左隣の席に腰掛けた女性が、分厚い隈《くま》に彩られた双眸を向けながら、眠《ねむ》たげな声を上げてきた。

村雨令音《むらさめれいね》。〈フラクシナス〉の解析官《かいせきかん》にして、琴里の友人である。

「三週間……ね。その前の現界は？」

「……それからさらにひと月ほど前だ。……あくまで、〈プリンセス〉に限っての話だが」

令音の言葉に、琴里は腕組《うでぐ》みしながらキャンディの棒をピンと立てた。

「やっぱり、どんどん現界頻度《ひんど》が高まってるわね。――そろそろ、私たちも次の段階に移らないといけないかもしれないわ」

「……というと――ついに彼を？」

「ええ」

琴里は唇の端を上げると、大仰《おおぎょう》にうなずいた。

如何《いか》に高度な技術力を持つ〈ラタトスク〉とはいえ、それだけでは精霊を籠絡《ろうらく》することなどできはしない。

作戦成功の鍵《かぎ》となる人物――要は、精霊と直接接触《せっしょく》する対話役が必要なのである。

と。

「……ん？」

琴里は微《かす》かに眉をひそめた。

肩掛《かたか》けにしたジャケットに入れていた携帯《けいたい》電話が、不意に震《ふる》えだしたのである。

「ちょっと失礼するわよ」

言ってポケットから携帯電話を取り出し、画面を確認《かくにん》してみて、琴里は小さく肩をすくめた。

「噂《うわさ》をすればなんとやら、ね」

「……？」

「件《くだん》の『秘密兵器』からよ」

令音が首を傾《かし》げてくるのに返し、琴里は通話ボタンを押した。

なぜか琴里の言葉を聞いた瞬間、令音がハッと肩を揺《ゆ》らした気がしたが、さして気に留めず言葉を発する。

「もしもし？　どうしたのよ士道」

『…………ッ、こ、琴里……？　おまえ、本当に琴里か？』

電話口の向こうから、兄・士道の声が聞こえてくる。なぜだろうか、妙《みょう》に戦慄《せんりつ》した様子の、震えた声だった。まるで——そう、妹に電話をかけてみて、まったく知らない誰《だれ》かが電話に出たなら、そんな調子になるかもしれない。

「？　一体何よその反応は。失礼ね。私だって忙《いそが》しいんだから、用件は手短に——」

「……琴里、琴里」

と、ちょんちょん、と令音が琴里の肩をつついてくる。少々こそばゆかったが、令音は意味もなくこんな戯《たわむ》れをするような人間ではない。何か理由があるのだろうと思い視線で問い掛ける。

すると令音は無言で指をピンと立て、ちょいちょい、と琴里の頭を指し示してきた。

正確には、琴里の側頭部で髪《かみ》を括《くく》っているリボンを。

「……え？」

琴里は訝《いぶか》しげに首を傾げ――

「――あ」

令音の意図に気付いてハッと目を見開いた。

髪を括るリボン。それは、琴里が用いるマインドセットのスイッチだった。

白いリボンを着けているときは、無邪気《むじゃき》で明るい士道の妹。

黒いリボンを着けているときは、強気で苛烈《かれつ》な司令官。

そして士道は、後者の琴里のことを知らないのだった。

「やば……」

どうせそのうち明かすことになる秘密だろうが、そのときが来る前に無用な詮索《せんさく》をされても具合が悪い。琴里は慌てて携帯電話をその場に置くと、手慣れた動作で一瞬のうちにリボンを付け替《か》えた。

そしてコホンと咳払《せきばら》いをしてから、再び電話を耳に押し当てる。

「おー！　どしたのおにーちゃん？」

琴里がそんな甲高《かんだか》い声を上げてみせると、部屋に居並んだクルーたちが一様に苦笑いを浮かべた。

だが、今の琴里にはそんなものさして気にならない。どちらかというと、電話口の向こうで『琴里が……琴里が俺のこと呼び捨て……？　い、いや待て……聞き間違いという可能性も……いやでもやっぱりあの本は……』と、ブツブツ呟いている士道の方が気にかかった。

「さっきからどーしたの？　なんか変だよー？」

『！　あ、ああ……いや……』

琴里が問うと、士道は少ししどろもどろになってから言葉を続けてきた。

『琴里……おまえ今、どこにいるんだ？』

「え？」

琴里はぐるりと眼球を動かし、部屋の全景を眺《なが》めてから唇を開いた。

にはいかない。適当に出任せを言っておく。
まさか、天宮市上空一万五〇〇〇メートルに浮遊《ふゆう》している空中艦《かん》の中だなんて言うわけ
「友達の家だよ？　なんでー？」

『友達……』

するとと士道が、なぜか戦慄した様子でごくりと唾液《だえき》を飲み込んだ。

『琴里、その友達って、普通《ふつう》の友達だよな……？』

「え？　普通のって……普通じゃない友達ってなーに？」

『いや……それは』

士道は何やらモゴモゴと口ごもった。最初、司令官バージョンで士道を呼び捨てにして
しまったことを差し引いたとしても、明らかに様子がおかしかった。

と、何やら思い立ったように、急に大きな声を響《ひび》かせてくる。

『そ、そうだ！　琴里、ちょっとその友達に電話を替わってくれないか？』

「えっ？」

琴里はぴくりと眉《まゆ》を動かした。

「な、なんでー？」

『いや……ほら、妹がお世話になってるんだから、挨拶《あいさつ》くらいしとかないといけないだろ

『……!?』

「…………」

今までも幾度《いくど》か友人宅で士道からの電話を受けたことはあったが……彼がこんなことを言うのは初めてのことだった。まさか、琴里の言葉が嘘《うそ》であると気付いているとでもいうのだろうか？

とはいえ、ここで無下に断っていろいろ詮索されても面倒《めんどう》である。琴里は再び部屋の中を見回し――令音にアイコンタクトを送ってから口を動かした。

「んー、ちょっと待ってて」

言ってから、「適当に話を合わせて」とジェスチャーで示し、令音に電話を手渡《てわた》す。

「……ん」

令音は「任せたまえ」と言うように頷《うなず》いてから電話を手に取った。

「……お電話替わりました。はい……いつも琴里とは仲良くさせてもらっています」

と、上手《うま》く応対していた令音が、不意に眉根を寄せた。

「……琴里との関係……？　ええ、友人ですが……」

どうやら士道が、令音のことを不審《ふしん》に思っているらしい。まあ、それも仕方ないことかもしれなかった。琴里の友人というには、少々声と口調が大人びすぎている感がある。

かといって令音以外に電話を渡していたならそれこそ「こと」だった。何かの間違《まちが》いで神無月あたりが応対していたら、今日の晩ご飯前に緊急《きんきゅう》家族会議が開かれてしまうだろう。

「……？　他《ほか》に……ですか。はあ、まあ、上司と部下でもあるので……主従関係と言えないこともありませんが。……ええ、琴里が主です」

「……！」

何やら琴里が思案をしている間に、令音が誘導尋問《ゆうどうじんもん》に引っかかっている気がした。慌《あわ》てて電話を引ったくる。

「お、おにーちゃん？　もういいよねー？　あはは、面白《おもしろ》い子でしょー？　もう、あの子ったら冗談《じょうだん》ばっかり言うんだからー」

『……琴里』

士道は、心配そうな語調のまま続けてきた。

『お、俺は……何があってもおまえの味方だからな？』

「えと……おにーちゃん？」

『だから、その……何か辛《つら》いこととか、悩《なや》んでることとかあったら、何でもにーちゃんに相談するんだぞ？　な？　俺はおまえの悩みを笑ったりしない。蔑《さげす》んだりしない。絶対にだ』

「べ、別に悩みなんてないよー……」

『ん……そ、そか。わかったよ。話したいときに話してくれればいいからな。——そ、そうだ！　琴里、今日何が食べたい？　何でも琴里の好きなもの作ってやるぞ！』

「え、えっと……」

なんだか妙に士道が優《やさ》しかった。琴里は困ったように苦笑《くしよう》を浮《う》かべ——

次の瞬間《しゆんかん》艦内に響き渡った緊急アラームによってその表情を掻《か》き消された。

「……！　司令、天宮市西部地区に空間震の予兆が確認された模様です！」

「空間震警報、発令されました！　住民の避難《ひなん》始まります！」

「この波長は……恐《おそ》らく〈プリンセス〉です！」

「ちょ——」

琴里は泡《あわ》を食って電話の下部を手で覆《おお》った。

が、その騒音《そうおん》とクルーたちの声はしっかり聞こえてしまっていたらしい。士道が困惑《こんわく》した様子で声を発してくる。

『こ、琴里……？　今の音は……それに、なんかたくさんの人の声が……』

「えっと……そ、そう！　今ゲームしてる最中なんだよー！　ラスボス戦みたいだから切るねー！」

『ちょ、琴──』

士道の呼びかけを無視して、通話を切る。

ついでに携帯電話の電源も切ってジャケットのポケットに放《ほう》り込み、琴里は再度リボンを付け替えた。

「ったく……よりにもよってこんなタイミングで……！」

頭をくしゃくしゃとかく。これは今日帰宅したあと、いろいろと士道に追及《ついきゅう》されてしまいそうだった。

だが、今はそれどころではない。煩《わずら》わしい諸々《もろもろ》の事情を振《ふ》り払《はら》うように首を振り、声を張り上げる。

「カメラ用意して！　作戦の本格始動までに、少しでも精霊《せいれい》の情報を集めておくわよ！」

『了解《りょうかい》！』

琴里の号令に応じ、クルーたちが一斉《いっせい》に声を上げてきた。

──翌日・四月一〇日。

琴里たちの作戦は、開始する。

【？？？　四月九日（日）一五時四五分】

目を開くのと同時に、眠《ねむ》るように混濁《こんだく》していた意識が覚醒《かくせい》していく。

まるで視界に入り込んできた景色によって、目を覚まされるかのような感覚。実際、長らく閉じていた瞼《まぶた》の隙間《すきま》から流れ込んでくる風景は、それくらい鮮烈《せんれつ》に彼女の心を揺《ゆ》さぶった。

最初に目に入ったのは空だった。青空に白い雲がたなびき、絶妙《ぜつみょう》なコントラストを作り出している。

だが徐々《じょじょ》に視線を下げていくと——飽《あ》くほどに見慣れた景色が彼女を待っていた。

「あ——」

抉《えぐ》り取られるように消滅《しょうめつ》した大地。滅茶苦茶《めちゃくちゃ》に破砕《はさい》された建造物。空間そのものが意思を持って彼女の現界を拒絶《きょぜつ》しているかのような、灰色の世界。

それを目にした瞬間、彼女の全身がびくんと痙攣《けいれん》した。

幾度目とも知れぬ現界の感覚。

それは——望まぬ闘争《とうそう》の開始を示す合図でもあった。

「——目標、〈プリンセス〉を確認《かくにん》。攻撃《こうげき》を開始する」

遥《はる》か上空からそんな声が聞こえると同時、彼女目がけて幾つもの円筒《えんとう》形の物体——確か、ミサイルとかいったか——が、火と煙《けむり》を吐《は》きながら迫《せま》ってくる。

「…………」

陰鬱《いんうつ》な息を吐きながら、右手をゆらりと上方に掲《かか》げる。すると、彼女に迫っていた何発ものミサイルが空中で静止した。

そして彼女がその手をきゅっと握《にぎ》ると同時、それらのミサイルが空中で爆散《ばくさん》する。

否《いな》。爆散というのは語弊《ごへい》があるかもしれなかった。何しろその魔力《まりょく》の込《こ》められた炸薬《さくやく》の塊《かたまり》は、彼女の手の動きに合わせて、内部から重力に引っ張られるように自壊《じかい》していったのだから。

……一体、これで何度目だろうか。

不意に眠りから覚めると同時に、見知らぬ世界に放り出され——武装した人間たちに襲《しゅう》撃《げき》される。

そんなことを、彼女は何度も何度も繰《く》り返していたのだ。

だが、上空に展開した人間たちはそんなことでは怯《ひる》まないようだった。またも懲《こ》りずに、彼女に向かってミサイルや弾薬《だんやく》をばらまいてくる。

「……ふん」

彼女は不機嫌《ふきげん》そうに顔を歪《ゆが》めてから、踵《かかと》を地面に突《つ》き立てた。

「――〈鏖殺公《サンダルフォン》〉」

そして静かにその名を呼ぶと同時――地面から彼女の身の丈《たけ》を超《こ》える玉座が出現する。

天使〈鏖殺公《サンダルフォン》〉。この世界で唯一《ゆいいつ》彼女を守ってくれる、『形ある奇跡《きせき》』である。

彼女は玉座の手すりに足をかけると、その背もたれに収められていた剣《けん》の柄《つか》を握った。

そして、一気にそれを引き抜《ぬ》く。

盾《たて》にさえ使えそうなくらい幅広《はばひろ》の刀身を持つ大剣。それは淡《あわ》い輝《かがや》きを放ちながら、彼女の動きの軌跡《きせき》を描《えが》いていった。

「去《い》ね、人間……ッ」

彼女は憎々《にくにく》しげに吐き捨てると、ブンと大剣を振り下ろした。

瞬間、彼女の太刀筋《たちすじ》に沿うように空気が震《ふる》え、その延長線上にあるものを薙《な》ぎ払っていく。

それは空中すらも例外ではない。機械を纏《まと》った人間たちが、慌てた様子で彼女の剣撃を回避していった。追撃を恐れてか、先ほどよりも距離《きょり》を取って彼女の周囲を飛び回り始める。

だが——

「ぬ……？」

眉根《まゆね》を寄せる。彼女の斬撃《ざんげき》から逃《に》げまどう幾つものシルエットの中、一人の人間が彼女の前に降り立ったのである。

他の人間と同じように、全身に機械の鎧《よろい》を纏った少女だ。戦場にいるのが似合わないくらいに綺麗《きれい》な顔立ちをしてはいるのだが……そこには表情らしきものが一切《いっさい》見受けられなかった。

確か名は……トビイチオリガミ。仲間にそう呼ばれているのを聞いたことがある。

「……貴様か」

思わず顔をしかめる。彼女が人間たちの中でもっとも苦手としているのは、間違いなくこの少女だった。

無論、力の差は歴然である。確かに人間たちの中でも戦闘技術には長《た》けた方らしかったが、それでも彼女の足元にすら及《およ》ぶまい。

事実、幾度となく彼女に襲撃をかけていながら、折紙は彼女の霊装《れいそう》に傷を付けたことさえなかった。

だが……

「…………」

折紙が、双眸《そうぼう》を刃《やいば》の如《ごと》く研《と》ぎ澄《す》まし、彼女を刺《さ》し殺すような視線を放ってくる。

「──っ」

彼女は思わず息を呑《の》んだ。

そう。人形のような……という彼女の形容に異を唱える者はいないだろうが、それは折紙からまったく感情が窺《うかが》い知れないことを示すわけではなかった。

むしろ人間たちの中でもっとも強く、深く、激しく、その仮面の如き表情の隙間から、彼女に対する敵意を、悪意を、殺意を──痛いくらいに放ってきているのである。

「う……」

心臓が引き絞《しぼ》られるような感覚に、眉をひそめる。

──嗚呼《ああ》、駄目《だめ》だ。これは、嫌《きら》いだ。

どんな強力な兵器であろうと、彼女の霊装を傷つけることは叶《かな》わない。

しかし、音もなく発される敵意は。

視線に込《こ》められた悪意は。

彼女の存在を消し去ろうという殺意は。

容易《たやす》く、彼女の心を引き裂《さ》いた。

「……め、ろ……」

軋《きし》みを上げるほどに強く、大剣の柄を握りしめる。

「…………」

「その目を──やめろぉぉっ！」

叫《さけ》ぶと同時、彼女は手にした大剣を振り抜いた。先ほどと同じように、その太刀筋の延長線上に存在する瓦礫《がれき》が綺麗に両断されていく。

「……！」

しかし折紙はそれを予測していたとでもいわんばかりに身を翻《ひるがえ》し、その一撃を華麗《かれい》に避《さ》けた。

そして不自然な姿勢で空中に静止したまま、手にした巨大《きよだい》な砲門《ほうもん》から、夥《おびただ》しい数の弾薬をばらまいてくる。

「ふん……！」

だがそんなものが彼女に届くはずもない。キッと視線を鋭《するど》くするだけで弾《たま》は彼女に触《ふ》れる前に空中で弾《はじ》け飛んだ。

が──恐《おそ》らく、そんなことは折紙も承知していたのだろう。

「む……？」

ぴくりと頬《ほお》を動かす。目の前に展開した弾幕の破裂《はれつ》によって視界がちらついた瞬間《しゅんかん》、折紙の姿が霞《かすみ》のように消えていたのである。

「――く……！」

と、折紙の刺すような敵意を感じ、彼女は剣を振り上げた。

次の瞬間。彼女の背後から現れた折紙が、奇妙《きみょう》な機械から現出させた光の刃を彼女に振り下ろしてきた。――要は、銃弾《じゅうだん》が彼女に通じぬことを知って、あえて目くらましに使ってきたようだ。

彼女の〈鏖殺公《サンダルフォン》〉と折紙のレイザーブレイドが打ち合い、火花を散らす。

「舐《な》めるな……ッ！」

「――」

彼女が柄を握る手に力を込め、そのまま一気に剣を振り抜くと同時、折紙は一瞬、レイザーブレイドから光の刃を消し去った。

「ぐ……っ⁉」

急に負荷《ふか》がなくなり、姿勢を崩《くず》してしまう。

すると折紙が好機とばかりに、再度握った柄に光の刃を現出させ、彼女に剣撃を放ってくる。

「この……！」

彼女は体重を右足に預け、左足を振《ふ》り上げると、その靴底《くつぞこ》で以《もっ》て折紙のレイザーブレイドを受け止めた。

バチバチという火花が散り、微細《びさい》な振動《しんどう》が霊装越《ご》しに伝わってくる。

「く――」

さすがにこれ以上連撃を放ってくるつもりはないようだった。折紙が後方へ飛び退《の》き、距離を取る。

彼女はフンと息を吐くと、振り上げていた左足を地面に打ち付けた。

霊装を纏《まと》っている今の状態であれば、別に無防備な脇腹《わきばら》に一撃をもらおうとさしたる痛《つう》痒《よう》もないはずだった。

だが――それを理解してなお、この女に急所を晒《さら》すのを身体《からだ》が躊躇《ためら》ったのである。

彼女は、未《いま》だ狂気《きょうき》にも近い敵意を放ってくる少女に目を向けた。

「……なぜ、だ」

そして、幾度《いくど》放ったとも知れない問いを、懲りずに発する。

「なぜ、貴様等は私に刃を向ける……ッ！　一体、私が何をしたと言うのだ！」

「……なぜ？」

言うと、折紙は油断無く光の剣《けん》を構えたまま声を発してきた。

「あなたは災厄《さいやく》。あなたは害悪。そこに『いる』だけで世界に不和を生じさせる。——〈プリンセス〉、あなたが存在することは許容されない」

折紙の言葉に、彼女はギリと歯を嚙《か》みしめた。

意味のわからない問答だけではない。——〈プリンセス〉。その呼称《こしょう》が、彼女の心をざわつかせた。

その言葉が彼女を示していることにはなんとなく察しが付いていた。識別名。彼女を攻《こう》撃《げき》目標と断ずるための記号。

その名で呼ばれると、彼女自身も自分を無機質な殲滅《せんめつ》対象と認識《にんしき》してしまいそうになるのである。

「……その〈プリンセス〉というのを、やめろ」

「あなたにそんな権限はない。〈プリンセス〉」

折紙が構わず呼称を続けてくる。彼女は足を踏《ふ》みしめ、拳《こぶし》を握《にぎ》った。

「やめろと言っているだろう！　私は〈プリンセス〉ではない！　私は——」

そこで。彼女は、言葉を止めた。

——止めざるを、得なかった。

「わ、たしは……」

非常に単純。且《か》つ残酷《ざんこく》な理由。

彼女には──名前が、なかったのである。

初めから持ち合わせていなかったのか。それとも忘れてしまったのか。記憶《きおく》の中に、己《おのれ》を示す語句が見当たらない。

いや、そんなこと、今までもわかっていたはずなのだ。だが、改めてそれを認識すると──灰色の世界に自分が一人、取り残されてしまったかのような錯覚《さっかく》に襲《おそ》われるのだった。

「っ、……わた、し……は──」

呆然《ぼうぜん》と、声を発する。そんな隙《すき》を、折紙が見逃《みのが》すはずはなかった。完全なノーモーションでその場に飛び上がり、そのまま彼女にレイザーブレイドを振り下ろしてくる。

「はぁッ！」

「ぐ……」

一瞬、防御《ぼうぎょ》が遅《おく》れる。折紙の剣が彼女の胸を深々と抉《えぐ》った。

無論、最強の鎧《よろい》たる霊装には傷一つ付いていない。彼女自身も、微《かす》かな負荷を感じたくらいで、ダメージなどは負っていなかった。

だが──

「──ああああああああああああああああぁッ！」

彼女は絶叫《ぜっきょう》を上げると、〈鏖殺公《サンダルフォン》〉を滅茶苦茶《めちゃくちゃ》に振り回した。

「消えろッ！　消えろッ！　消えろッ！　私の前から消え失《う》せろ……ッ！」

四方八方に剣撃が放たれ、目に映る景色を一瞬ごとに様変わりさせていく。

「く……」

さすがに折紙も避けきれないと判断したのだろう。地を蹴《け》って空中へと飛び退く。

だがそんなもの、もう彼女には関係なかった。ただがむしゃらに、〈鏖殺公《サンダルフォン》〉で風景を切り刻んでいく。

「う、ぁ、ああ、ぁぁぁぁぁぁぁああああああああああああぁぁぁぁあ──ッ！」

それは、誰《だれ》にも解されることのない──

悲痛な、「助けて」の叫びだった。

──そして翌日・四月一〇日。

彼女は、一人の少年と出会う。

【五河士道　四月九日（日）一五時五五分】

「——え？」

不意に。五河士道は振り返った。

そのまま視線を巡《めぐ》らせて周囲の様子を見取るが——何もおかしなことはない。

士道の視界に映るのは見慣れた五河家のリビングの壁《かべ》であり、士道の鼓膜《こまく》を震《ふる》わせるのは、遠くから聞こえる鳥のさえずりと、時折響《ひび》く車の駆動《くどう》音のみだった。

「……おかしいな」

ぽりぽりと後頭部をかきながら眉《まゆ》をひそめ、首を元の位置に戻《もど》す。

なぜだろうか——別にどこからも声など聞こえていなかったのだが……誰かに呼ばれた気がしたのである。

「…………」

何というか、少し自分の感覚器が心配になって、耳に水が入ったときのように二、三度耳を叩《たた》いてみる。だがやはり、耳に異常は見受けられなかった。

まあ、気のせいだろう。士道はそう結論づけて、テーブルの上に広げられた本の誌面に視線を戻した。


『子供が非行に走ったら』

『性同一性障害を受け入れる』

『褒《ほ》めて正す子供の道』


「……やっぱり、俺が狼狽《うろた》えちゃいけないよな」

両親は今日の朝から海外出張で家を空けてしまっている。今琴里を見てやれるのは士道しかいないのだ。

士道は先ほどの妙《みょう》な感覚を不思議に思いながらも、とりあえず今日の夕食は琴里の大好物で揃《そろ》えてみようと心に決めた。

DATE A LIVE MATERIAL

デート・ア・ノベル

DATE A NOVEL

ナース・ア・ライブ

NURSE A LIVE

TE A NOV

ある日の放課後。

来禅《らいぜん》高校東校舎四階に位置する物理準備室で課題の採点をしていた村雨令音《むらさめれいね》は、不意にふっと顔を上げた。

分厚い隈《くま》に飾《かざ》られた双眸《そうぼう》をぱちぱちとしばたたかせ、小さく首を傾《かし》げる。

理由は単純。扉《とびら》の外から、何やら廊下《ろうか》を爆走《ばくそう》するような凄《すさ》まじい騒音《そうおん》が聞こえてきたのである。

「……何だ？」

ぽつりと呟《つぶや》き、赤ペンを机の上に置く。

と、その瞬間《しゅんかん》、物理準備室の扉が勢いよく開け放たれ、一人の女子生徒が顔を出した。

「れ……ッ、令音！　いるか!?」

「……十香《とおか》？」

その少女の容貌《ようぼう》を見て、令音は首を傾げた。

腰《こし》まであろうかという夜色の髪《かみ》に、白磁の肌《はだ》。ひとたび街を歩けば誰もが振《ふ》り返るような美少女である。

だがその髪は今、振り乱したかのようにくしゃくしゃで、肌にはところどころ引っ掻《か》き傷がついていた。制服もたいそう乱れ、ブレザーのボタンが取れかかっている。

──まるで、今し方何者かに襲われたような有様だった。

「おお令音、いてくれたか！　たっ、助けてくれ！」

不穏《ふおん》な言葉に、令音は眉根を寄せた。

「……穏《おだ》やかじゃないな。一体何があったんだい？」

問うと、十香は興奮した調子で口を開いた。

「お、おたふくの倒《たお》し方を教えてくれ！」

「……ふむ？」

十香の発した言葉の意味がわからず、令音は頬《ほお》をかいた。

そして椅子《いす》から腰を上げ、ゆっくりと十香の方に歩いていくと、扉から顔を出して左右の廊下に目をやった。

……だが無論のこと、十香を襲うおたふくの怪物《かいぶつ》などは確認できなかった。

「令音？　何をしているのだ？」

「……いや。まあとりあえず座ってくれ」

「む──うむ」

令音が言うと、十香は大人しく近くにあった椅子に腰掛《か》けた。

「……それで。今ひとつ話が見えないのだが、説明してくれるかな？」

「う、うむ……！」

十香は深くうなずくと、心拍《しんぱく》を落ち着けるように深呼吸してから話を始めた。


その日の朝。夜刀神《やとがみ》十香は、落ち着かない様子で教室の入り口に視線を送っていた。

「むう……遅《おそ》い。何かあったのか……？」

呟きながら、黒板の上に設《しつら》えられた時計に目をやる。

短針が八と九の間を、長針が六を指し示そうとしている。もう朝のホームルームが始まってしまう時間だった。

だというのに——十香の左隣《ひだりどなり》の席には、まだ五河士道《いつかしどう》の姿がなかったのである。

「シドー……」

微かにのどを震わせ、誰にも聞こえないくらいの声を発する。

五河士道。十香のクラスメートであり——恩人。

いつもなら、十香よりも早く学校に来ているのだが……

「……ぬ」

と、そこで十香は眉をひそめた。

士道の席のさらに一つ奥に座っていた少女と、目が合ったのである。

肩口《かたぐち》をくすぐるくらいの髪に、無機的な双眸。その顔には、およそ表情と呼べるものが見受けられない。まるで人形のような少女だった。

「…………」

少女――鳶一折紙《とびいちおりがみ》が、無言で十香から視線を外し、顔を前に向ける。

なんだか面白《おもしろ》くない。十香もフンと鼻を鳴らすと、視線を逸《そ》らした。

と、それに合わせたかのようなタイミングで辺りにチャイムの音が鳴り響き、教室に小《こ》柄《がら》な担任教諭《きょうゆ》が入ってくる。

社会科担当の岡峰珠恵《おかみねたまえ》教諭、通称《つうしょう》タマちゃんは、いつものように出席簿《しゅつせきぼ》を教卓《きょうたく》に落ち着け、にこりと笑って唇《くちびる》を開いた。

「はい、みなさんおはよぉござ――」

「タマちゃん先生！」

と、その挨拶《あいさつ》を遮《さえぎ》るように、十香は机を叩いて立ち上がった。

「え？　え？　な、なんですか？」

急なことに驚《おどろ》いたのか、タマちゃん教諭が目を丸くする。

「シドーがまだ来ていないのだが……」

十香が士道の机を指さしながら言うと、珠恵は「ああ」とうなずいた。

「五河君なら、連絡《れんらく》を受けてますよ」

「な……、何かあったのか!?」

「ええ、おたふく風邪《かぜ》だそうです」

「おたふく……？」

と、そこでガタッ、と椅子を揺《ゆ》らすような音が聞こえてくる。

ちらと目をやると、折紙が珍《めずら》しく机の上に握《にぎ》りしめた拳《こぶし》を置いているのが見えた。

「なんだ貴様、何か知っているのか」

「別に」

折紙が、呟くように言う。

気にはなったが、これ以上絡《から》んでいても仕方がない。十香は視線を戻《もど》した。

「それで、そのおたふくがシドーに何をしたのだ？」

「え、ええと……要は病気で身体《からだ》の調子が悪いから、今日は学校に来られないってことです」

「な、なんと……」

十香は目を見開くと、しょんぼりと椅子に腰を戻した。

「……ああ、なるほど。おたふく風邪のことか」

令音は小さくうなずいた。そういえば、今朝方令音の上官である五河琴里《ことり》が、そんなことを言っていた気がする。

なるほど『倒し方』とは十香らしい表現ではあった。要は、士道の風邪を治してやりたいのだろう。

「と、いうわけだ」

「……しかし」

令音は顔を動かすと、再び十香に視線を送った。

「……ならどうしたんだい、その格好は」

令音が十香の乱れた髪や服を見ながら言うと、十香は不機嫌《ふきげん》そうに唇を尖《とが》らせた。

「ん……これはだな」

十香が士道の欠席を知らされてから、およそ七時間。

二年四組の教室では、帰りのホームルームが行われていた。保護者会のお知らせなどのプリントを四枚ほど配ったのち、珠恵が様々な連絡事項《じこう》を口頭で説明している。

「……むー……」

しかし十香は、机にへばりつくような格好で、珠恵の声を聞き流していた。

どうにか六限分の授業に耐《た》えきったものの……やはり士道がいない学校は、何か感じが違《ちが》う気がする。

実際あまり食欲も湧《わ》かず、昼休みに購買《こうばい》で買ったパンも、わずか一〇個しか食べられなかった。

「ええと、では、以上です」

珠恵が小さく咳払《せきばら》いをしてからそう言う。どうやら、連絡事項の通達が終わったらしい。

と、珠恵は何かに気づいたように言葉を続けた。

「あ、そうだ。今日のプリントなんですけど、誰《だれ》か五河君の家に届け――」

「――おお!?」

鼓膜《こまく》がその言葉を捉《とら》えた瞬間、十香はスライムのように机の上に貼《は》り付けていた上体を起こした。

「行く！　私が行くぞ！」

叫《さけ》び、右手をピンと挙げる。

だが。

「え、えぇと……」

珠恵はずれかけた眼鏡を直しながら、困ったように頬に汗《あせ》を滲《にじ》ませた。

理由は単純。十香が顔を上げたときにはすでに、鳶一折紙が士道の机の上に手を伸《の》ばし、そこに重ねられていたプリントを手にしていたからだ。

「きっ、貴様、何の真似《まね》だ！」

「これは私が届ける」

十香が抗議《こうぎ》の声を上げると、折紙は平然とした様子で声を発した。

「な……！　何を勝手な！　渡《わた》せ！」

十香がプリントを奪《うば》おうとその場に立ち上がって手を伸ばすと、折紙はひょい、とプリントを持った手を横へ動かした。

「ぐぬ……っ」

「あなたでは力不足」

「な、何だと!?　プリントを届けるくらい私にだって――」

「私にはプリントを届けたあと、彼を看病する備えがある。彼の両親は今海外出張中のため、食事は全《すべ》て彼が作っている。とても困っているはず」

「な、なぜそんなことまで知っているのだ……？」

「それは今重要ではない」

十香が怪訝《けげん》そうに言うも、折紙は平然と返してきた。

だが、十香とてそんなものでは引き下がれない。

「看病とやらも私がする！　夕餉《ゆうげ》も私がなんとかするっ！」

「現実的でない。――それに、これは彼だけの問題ではない。私にとっても看過することのできない重大な事案」

「何だと……？」

少し今までと違う様子で声を発した折紙に、訝《いぶか》しげな視線を向ける。

すると折紙は、ふっと目を細めて唇を動かしてきた。

「流行性耳下腺炎《じかせんえん》、通称おたふく風邪は、ムンプスウイルスの感染によって引き起こされるウイルス性の病気」

「ぬ？」

いきなりぺらぺらと捲《まく》し立てられ、十香は眉《まゆ》をひそめた。

だが、折紙は気にする様子もなく続ける。

「幼年期に発症《はっしょう》するケースが多いけれど、もし青年期を越《こ》えた男性が発症した場合、睾丸《こうがん》炎《えん》などを併発《へいはつ》し、生殖《せいしょく》機能に深刻なダメージを受けてしまう可能性がある」

「な、何を言っているのだ……？」

「私たちの将来のため、看過することはできない」

「…………？」

正直後半は何を言っているのかよくわからなかったが、まあ折紙が十香にとって面白い話をするはずはない。どうせろくでもないことだろう。

十香は足をくっと曲げると、折紙に飛びかかるようにして手を伸ばした。

「とうっ！」

「……っ！」

さすがにこれは予想外だったらしい。十香の体重に押され、折紙が身体を仰《の》け反《ぞ》らせる。

と、その拍子《ひょうし》に、折紙が持っていたプリント四枚が、開いていた窓からひらひらと外に飛んでいってしまった。

「く――」

次の瞬間《しゅんかん》、折紙は窓のサッシを掴《つか》むと、バッ！　と身体を空に躍《おど》らせた。

背後から、クラスメートたちの『おおッ……!?』という声が響《ひび》く。

そして折紙は、風に舞《ま》うプリントを二枚空中で摑んだのち、転がるように受け身を取って、地面に着地した。

「な……っ!」

十香は驚愕《きょうがく》に目を見開いた。

だが、そんなことをしている時間はなかった。残るプリントも、ゆっくりと重力に従って地面に落ちつつある。このままでは、折紙の手に全てのプリントが渡ってしまうだろう。

「そうはさせるか……っ!」

十香はそう叫ぶと、折紙と同じように窓から身を躍らせ、折紙の手に渡る寸前で、残りの二枚をキャッチした。

ちなみに受け身の取り方など知らないので、強引《ごういん》に両足で着地する。

「いぃ……ッ……」

教室の場所は三階である。ちょっと涙《なみだ》が出ちゃうくらい痛かった。

しかしいつまでもそうしてはいられない。先に着地していた折紙が、十香の持つプリントを狙《ねら》って、手を伸ばしてきたのである。

「――!」

「く……っ！」

すんでのところでそれをかわし、逆に折紙が左手にキープしているプリントに手を伸ばす。

だが折紙も甘くはない。すぐに身をひねり、十香の攻撃《こうげき》をかわした。

「おとなしくそれを渡すべき」

「それはこちらの台詞《せりふ》だ！　シドーのもとへは私が行く！」

もとより、互《たが》いに話し合いでの解決が不可能なことはわかっていた。

二人はじりじりと間合いを取り合うと、どちらからともなく地を蹴《け》った。


「……と、まあ、そんなわけだ」

言うと、十香はくしゃくしゃになったプリント二枚をスカートのポケットから取り出し、机の上に広げた。……どうやら、結果は引き分けだったようだ。

「……なるほど」

まあ、とりあえず理解はできた。裁縫《さいほう》セットで十香のブレザーを繕《つくろ》いながら、小さくうなずく。

と、その動作に合わせるように扉《とびら》がコンコン、とノックされ、物理準備室に二人目の来訪者が訪《おとず》れた。

「令音、入るわよ？」

口にチュッパチャプスをくわえたツインテールの少女が、部屋の中を覗《のぞ》き込んでくる。

――五河琴里。令音の上官であり、件《くだん》のおたふく患者《かんじゃ》・士道の妹である。中学校の制服に来賓《らいひん》用のスリッパという出《い》で立《た》ちで、手には通学鞄《かばん》を握《にぎ》っていた。

琴里は部屋に入るなり、どんぐりみたいな丸っこい目を見開いて十香を見た。

「あれ？　十香もいたの」

「おお、琴里ではないか」

「珍《めずら》しいじゃない。何かあったの？」

言うと、琴里は十香ではなく令音の方にちらと視線を送ってきた。令音の方が手早く説明が済むと思ったのだろう。

「……ああ、実は」

令音が簡潔に、先ほど十香に聞いた話を説明すると、琴里ははふうと吐息《といき》して肩《かた》をすくめた。

「なるほど。さっき精神状態が乱れかけてたって報告があったのはそういうわけね」

「……？　せいしんじょうたい？」

「ああ、気にしないで」

十香が首を傾《かし》げるのに、琴里が手をひらひらさせて返す。

「んー……」

そして琴里はふうむと考え込む仕草を見せてから、ピンと指を立てた。

「まあ──そういうことなら十香、士道を看病してあげてくれる？」

琴里が言うと、十香はパアッと顔を輝《かがや》かせた。

「いいのか!?」

「ええ。今家には士道一人だし、いろいろと不便だと思うのよね。私は仕事があるから遅《おそ》くなるし……お願いできるかしら？」

「おお！　任せろ！」

十香はバッと立ち上がると、ドン！　と胸を叩《たた》いた。

「…………」

そんな二人のやりとりを見て、無言で頬《ほお》をかく。まあ……だが、琴里がいいと言っているのだ。令音が今口を出すことでもないだろう。

と、自信満々といった調子で言った十香だったが、すぐ「あ」と呟《つぶや》くと、椅子《いす》に座り直して令音と琴里を見てきた。

「む……すまんが、看病というのはどうすればいいのだ？」

「そうねえ……寝汗《ねあせ》かいてるだろうから着替《きが》え用意してあげたり、お粥《かゆ》作ってあげたり……まあ、その辺は士道に直接、何かして欲しいことがないか訊《き》いてみてちょうだい」

「ん、わかった」

十香が深くうなずく。と、琴里が何かを思いだしたように手を打った。

「あ、そうそう。十香、あなた一人で買い物をしたことはあったっけ？」

「ぬ？　レジでお金を払《はら》うあれか？」

「それそれ。もしできるなら、途中《とちゅう》のスーパーで買い物していってあげてもらえるかしら」

「おお、いいぞ。何を買えばいいのだ？」

訊《たず》ねられ、琴里はふうむと腕組《うでぐ》みした。

「そうね……風邪《かぜ》のときは何がいいかしら」

言いながら、琴里がちらと令音を見てくる。

「……ん、そうだね、やはり胃に負担のかからない、消化のいいものがいいだろう」

「ああ、そうね。お粥の材料くらいはうちにあるし……ベタだけどモモの缶詰《かんづめ》とかいいんじゃない？」

「ふむ……何か書くものはあるか？」

十香がペンを握るような動作をしながら辺りを見回す。

「……ん、これでいいかい」

「おお、助かる」

令音がメモとペンを差し出してやると、十香はわかりやすく表情を明るくし、メモに下手くそな字で『ものかんずめ』と書いた。

琴里が苦笑《くしょう》しながらそれを眺《なが》め、言葉を続ける。

「あとは……カップスープとかレトルト系とか、手の掛《か》からないものでいいから、何か身体《からだ》の温まるようなものを適当にいくつか買っていってあげて」

「ぬ……身体が温まるものだな」

言われて、十香がメモに追記する。

「——あ、それと、ネギなんてどう？」

「ネギ？　あの長い野菜か？」

「ええ。あれを首に巻いてると熱が下がるって言わない？　ま、民間療法《りょうほう》なんだろうけど、病《やまい》は気からっていうし」

「ふむ……」

十香はメモにペンを走らせる（というよりは歩かせる、くらいのスピードだったが）と、したためた文字列に目を這《は》わせ、「うむ」とうなずいた。

「モモの缶詰に、身体の温まるもの、それにネギだな」

「ええ。まあそれだけあればとりあえずいいんじゃないかしら」

「わかった、では行ってくる！」

十香は元気よく言うと、メモを二つ折りにしてスカートのポケットにしまい込んだ。

そして令音からブレザーを受け取り、机の上に広げていた士道のプリントを手に取ると、軽い足取りで物理準備室を出ていった。

「……よかったのかい、琴里」

十香の姿が見えなくなってから数秒後。令音は口を開いた。

「な、何がよ」

琴里が小さく肩を揺《ゆ》らし、返してくる。

「……いや、本当は琴里が看病をするつもりだったんじゃないかと思ってね」

「ッ、ば、馬鹿《ばか》言わないでちょうだい。なんで私がそんな真似《まね》」

「……ではなんでまた今日は学校に？　私はてっきりプリントを取りに来たのかと」

「違《ちが》うわよ。今日は──その、令音とお話しに来たの！」

「……そうか。まあ、琴里がそう言うならいいのだが」

令音が言うと、琴里はわざとらしく咳払《せきばら》いをし、奥の椅子にどっかと座り込んだ。

「──それより令音。カメラ飛ばせる？　一応十香が何かやらかさないかチェックしておきたいのだけれど」

「……ん、可能だよ。ちょっと待ってくれ」

令音はそう言うと、白衣の裾《すそ》を揺らしながら元いた席に戻《もど》った。

◇

「ふむ……」

学校と住宅街の間に位置するスーパーで、十香は左手に買い物カゴを提《さ》げながら、右手に持ったメモを凝視《ぎょうし》していた。

缶詰がずらりと並んだエリアに足を踏《ふ》み入れ、左右に視線を振《ふ》る。

「ええと、まずはモモの缶詰──む、これか？」

十香はその場に屈《かが》み込むと、小さなプルトップ式の缶詰を手に取った。

「よし、ではこれを一つ……」

と、その瞬間《しゅんかん》、十香のお腹《なか》がぐうと鳴る。うん、士道がもっと食べたいと言うかもしれないからな！

「……では足りないかもしれんな！」

自分に言い聞かせるように言いながら、同じ缶詰を一〇個ほどカゴに放《ほう》り込む。

「そして……次は身体の温まるものか」

売場を歩きながらメモに視線を這わせ、呟く。

と、そこで十香は視線を上げ、棚《たな》に陳列《ちんれつ》してあった品物を手に取った。

パッケージに覚えがある。確か、テレビでとても身体が温まると言っていたものだ。まさに今の士道に打って付けだろう。

「む、これは……」

そしてまたしばらく棚を眺めながら歩くと、またもちょうどいいものを発見した。

「おお、確かこれも、身体が温まると言っていたな」

小さくうなずき、その小瓶《こびん》をカゴに放り込む。

「よし、あとはネギだけだな」

言いながら野菜売場に足を向け、通路沿いの冷蔵棚《だな》にネギと書かれたプレートを発見する。

だがそこには『大特価！　広告の品』というカラフルな紙が貼《は》られており、目的のものはもう一本しか残されていなかった。

「おお……ギリギリセーフだな！」

ほうと息を吐《つ》き、ネギに手を伸《の》ばす。

――が。

「ぬ？」

十香は思わず声を上げた。十香がネギを摑《つか》むのと同時に、隣《となり》から伸びてきたもう一本の手が、ネギの緑色の部分をがっしと摑んだのだ。

「む……すまんが、このネギは――」

と、十香はそこで言葉を止めた。

なぜなら――

「と、鳶一折紙……ッ⁉」

「……夜刀神十香」

十香が目を見開いて名を呼ぶと、ネギを握《にぎ》った少女は表情を変えないまま、抑揚《よくよう》のない声を発してきた。

「ん、スーパーに着いたみたいね」

琴里は物理準備室に設《しつら》えられたパソコンのディスプレイを眺めながら、くわえていたチュッパチャプスの棒をぴこぴこと動かした。

画面には、先ほどこの部屋を出ていった十香の姿が映し出されている。彼女を追うように飛ばされた小型の自律カメラが、リアルタイムで映像を送ってきているのである。

「……ん？」

と、隣に座っていた令音が声を上げる。

「どうしたのよ、令音」

「……いや、十香が持っているものなんだが」

「え？」

言われて、琴里は、缶詰売場にいる十香の手元を凝視した。何かを発見した様子でその場に屈み込んだものだから、モモの缶詰を手に取ったと思ったのだが……違う。大きな円《えん》筒《とう》形のモモ缶ではなく、もっと小さい、プルトップ式の――

「……なんでやきとり缶？」

琴里は眉《まゆ》をひそめて頰をかいた。

そう。なぜか自信満々で十香が手に取ったのは、甘辛《あまから》く味付けした鶏肉《とりにく》が詰《つ》められたやきとり缶だったのだ。しかも追加で、一〇個ばかりカゴに放り込んでいる。

「……ふむ、モモ肉と間違えたのかもしれないな」

「ええ、そんなベタな……」

頭をぽりぽりとかく。……だがそういえば、十香はまだ果物《くだもの》のモモを食べたことがなかったかもしれない。

と、次いで十香は場所を移動すると、棚から大きな紙パックを手に取った。

「あれは……お酒？」

目を細めて画面を見つめながら、呟く。詳《くわ》しいラベル情報は見取れなかったが、それは明らかに日本酒のパックだった。

「え、なんでお酒？　士道に飲ませる気？」

「……いや、もしかしたらたまご酒でも作るつもりなのかもしれない」

「そ、そうかしら……？」

……十香がそんなものの作り方を知っているのだろうか。

琴里が眉根を寄せていると、今度は十香が調味料コーナーの棚から、一味唐辛子《とうがらし》の小瓶を手に取った。

「やっぱり違うわ完全に晩酌《ばんしゃく》する気だわ。やきとりにちょい足しして美味《おい》しいおつまみにする気満々でしょあれ」

なんともオヤジ臭《くさ》いチョイスに、頬《ほお》をぴくつかせながら額を押さえる。

だが琴里はすぐにその表情を変えさせられた。

画面の中で野菜売場に向かった十香が、天敵と鉢合《はちあ》わせしてしまったのである。

「……その手を離《はな》してもらおうか」

「それはこちらの台詞《せりふ》」

十香が視線を鋭《するど》くして言うと、折紙もまた刺《さ》すような眼光を放ちながら、静かな声を響《ひび》かせてきた。

「これはおたふくを倒《たお》してシドーを助けるために必要なのだ！　絶対貴様には渡《わた》さんぞ！」

十香が叫《さけ》び、ネギを引っ張る。だが折紙はネギを離そうとしなかった。

「士道の看病は私がすると言ったはず」

「な——貴様、まだ諦《あきら》めていなかったのか⁉」

言いながら折紙の手元に目をやると、彼女も十香と同じように買い物カゴを提げていることがわかった。中には様々な食材が入れられている。どうやら折紙も、士道の看病用に買い物をしにきたらしい。

「当然。——あなたに、彼の看病ができるとは思えない」

「そんなことはない！　私にだってできるぞ！」

「では、具体的に何をするの」

「ぬ……っ？」

言われて、十香は視線を上にやった。先ほど琴里に聞いたことをどうにか思い出す。

「そ、そうだ！　きっと寝汗《ねあせ》をかいているから、着替《きが》えを用意してあげるのだ！」

「…………」

しかし折紙は、目を伏《ふ》せて首を横に振った。

「配慮《はいりょ》が足りない」

「な、なんだと⁉　ではどうするというのだ！」

十香が問うと、折紙はさも当然といったように唇《くちびる》を開いた。

「流行性耳下腺炎《じかせんえん》に冒《おか》されているとなれば、非常に高い熱が出ていることが考えられる。つまり、自分一人で着替えることが困難である可能性が高い。着替えを用意するだけでは不十分。服を脱《ぬ》がせ、タオル等で丹念《たんねん》に全身を拭《ふ》いたのち、着替えさせる必要がある。もちろんその際に起きる様々な出来事は全《すべ》て完全に不可抗力《ふかこうりょく》」

「ぐ……ぐぐ……っ」

よくわからないが、妙《みょう》な説得力があった。忌々《いまいま》しげに奥歯をギリと鳴らす。

だが、看病はそれだけではないはずだった。琴里の言葉を思い出す。

「お、お粥《かゆ》だって作ってあげられるのだ！」

……本当は作り方はよく知らないのだが、というかお粥というものが具体的にどんなものかわからないのだが——まあ、細かいことは士道に訊《き》けばいいだろう。十香は声を上げた。

「それでは不十分」

「な、なにっ⁉」

「確かにお粥は消化によく、体調が悪い際の食事として優秀《ゆうしゅう》。ただし先ほども言ったとおり、高熱を出している場合は食事を摂《と》るのも困難なはず」

「つ、つまりどうするというのだ」

「口移しをするのが、たったひとつの冴《さ》えたやりかた」

「く……口移し……？」

「一度自分の口に含《ふく》んだものを、相手の口に直接移し入れること」

「ちょ、直接だと……!?」

十香は顔を真っ赤に染め、ごくりと唾液《だえき》を飲み込んだ。……ま、まさかそんなことが必要だとは。

折紙はさらに続ける。

「さらに大事なのは、士道を不安がらせないこと」

「ど、どういうことだ！」

「病気にかかっているときは、どうしても心細くなることが多い。心が弱っていては、治るものも治らない」

「ふ、ふん！　それくらいなら私だって考えている！　士道が眠《ねむ》るまで、ずっと一緒《いっしょ》にいてやるのだ！」

「話にならない」

折紙がバサッと切って捨てる。

「なんだと!?　で、では貴様はどうするというのだ！」

「究極の安心感。それは人肌《ひとはだ》。生まれたままの姿で、士道にぴったりと寄り添《そ》うように添い寝するのが正解」

「な……っ!?」

十香は、さらに顔を赤くした。

「それができないのなら、あなたは大人しく身を引くべき」

言って、折紙がネギを思い切り引っ張ってくる。

「さ、させるか……ッ!」

しかし、これを奪《うば》われるわけにはいかない。負けじと十香も手に力を込《こ》めた。

と──再び膠着《こうちゃく》状態が作られようとしたその瞬間《しゅんかん》、折紙が買い物カゴを床《ゆか》に落とし、自由になった片手で十香の手首に手刀を放ってくる。

「ぐ……!?」

思わず、手から力が抜《ぬ》けてしまう。

その隙《すき》を衝《つ》くように折紙がネギを引っ張る──が、十香もやられっぱなしではいられなかった。左手にぐっと力を入れ、提《さ》げていた買い物カゴを折紙の方に放《ほう》る。

「──っ」

「…………」

そして折紙がそれを受け止めている隙に、十香は再度ネギを握った。

「…………」

ネギを握りながら無言で、十香と折紙は視線を交じらせる。

そして、どちらからともなく――空いている方の手が、ぐっと拳《こぶし》の形に握られた。


「あーもう、何やってるのよ二人とも……！」

画面の中で始まってしまったストリートファイトを見ながら、令音の隣《となり》に座った琴里が前髪《まえがみ》をくしゃくしゃとやった。

十香と折紙が、スーパーの野菜売場で、凄《すさ》まじい拳と蹴《け》りの応酬《おうしゅう》をしている。……なぜか、片手にネギを握りながら。

騒《さわ》ぎに気付いた周りの買い物客がざわめきだし、徐々《じょじょ》に人だかりができていく。あまり放っておくと警察を呼ばれかねなかった。

いつもなら琴里がインカムで指示を飛ばして士道に止めさせるのだが――さすがに今はそういうわけにもいかない。

「……ったくもう、仕方ないわね。一旦《いったん》〈フラクシナス〉に戻《もど》ってどうにか――」

言って、琴里が苛立《いらだ》たしげに席を立つ。

だが、令音はそこで、琴里を引き止めるように袖《そで》をくっと引っ張った。

「ん？　どうしたの、令音」

「……あとは私がやっておくよ。琴里は一足早く家に帰るといい」

「へ……？」

琴里が首を傾《かし》げる。……が、一拍《いっぱく》置いてから令音の意図するところに気付いたらしい。

ほんのりと頬を赤くした。

「ぐ……しつこいわよ、令音」

「……性分《しょうぶん》でね」

小さく肩《かた》をすくめながら、続ける。

「……だが、琴里の手を煩《わずら》わす必要がないというのも事実だろう。止めに入るにしても、女子中学生より彼女らの副担任である私の方が説得力がある」

「………………」

琴里はむう、とうなってからしばしの間考えを巡《めぐ》らせる仕草を見せ——令音の方に理があると判断してか、はあとため息を吐《つ》いた。

「……じゃあ、任せるわ。あとはお願いね、令音」

「……ああ。任せてくれ」

令音が言うと、琴里は鞄《かばん》を手にとって物理準備室を出ていった。

だが、数秒後、琴里は再び扉《とびら》を数センチばかり開けると、そこから部屋の中を覗《のぞ》き込んできて——

「…………ありがと、令音」

と、小さな声で言って去っていった。

「…………」

そんな言葉を聞いてから、軽く伸《の》びをし、視線をくっと上の方にやる。

「……まあ、たまには君が当たりを引いても、罰《ばち》は当たらないだろうさ」

令音は小さくうなると、スーパーで乱闘《らんとう》を繰《く》り広げているリトルモンスターたちを止めるために椅子《いす》から立ち上がった。

DATE A LIVE MATERIAL

デート・ア・ノベル

DATE A NOVEL

凜祢バスタイム

Bathtime RINNE

TE A NOV

『──きゃぁっ！』

ある日の夜。士道《しどう》がお風呂《ふろ》に浸《つ》かっていると、リビングの方からそんな悲鳴が聞こえてきた。

「ん……？　なんだ、一体」

不審《ふしん》に思って湯船から上がる。今の声は恐《おそ》らく四糸乃《よしの》のものだろう。……引っ込み思案で物静かなあの四糸乃があんなにも大きな声を上げるだなんて、一体何があったのだろうか。

とはいえ、濡《ぬ》れた身体《からだ》のまま様子を見にいくわけにもいかない。それに、リビングには十香《とおか》と琴里《ことり》もいるはずである。きっと二人が何とかしてくれるだろう。そう思い直して再び湯船に身体を沈《しず》み込ませる。

だが──

「ひゃふっ⁉」

士道は思わず悲鳴を上げた。今の今まで入っていたぽかぽかお風呂が、心臓が止まりそうな冷水になってしまっていたのである。

「つ、冷た……ッ！」

士道は慌《あわ》ててバスタブから出ると、身体をガタガタ震《ふる》わせながらシャワーのコックを捻《ひね》った。

だが、お湯は出なかった。急に断水でもされてしまったかのように、ホースの中に残った水がぽたりぽたりとこぼれるのみである。これでは身体を温めようがない。

「これは、まさか……」

士道は頭の中を過《よ》ぎった可能性に眉《まゆ》をひそめると、慌てて風呂場から出た。


「……で、十香の食べてたアイスがよしのんに落ちて、思わず驚《おどろ》いてしまったと」

士道は、コミカルな意匠《いしょう》の施《ほどこ》されたウサギのパペット『よしのん』の頭を濡れ布巾《ぶきん》で拭《ぬぐ》いながら、大きなため息を吐いた。

「すみません……士道さん」

言って、そのパペットを左手に装着した小柄《こがら》な少女——四糸乃が、申し訳なさそうに顔をうつむかせた。蒼玉《サファイア》のような瞳《ひとみ》には、未《いま》だうっすらと涙《なみだ》が滲《にじ》んでいる。

先ほどの異常な事態は、士道の予想通り四糸乃が原因だった。

水と冷気を操《あやつ》る精霊《せいれい》である四糸乃は、霊力を封印《ふういん》された今でも、精神状態が著《いちじる》しく乱れると、辺りの気温を急激に下げたり、水を凍《こお》り付かせたりしてしまうのである。

特に今は、天宮《てんぐう》市全域が謎《なぞ》の結界に包まれ、精霊たちの力が不安定になっている状況《じょうきょう》である。逆にこれくらいで済んだのは不幸中の幸いなのかもしれなかった。

「いや……私が不注意だったのだ。許してくれ、四糸乃、よしのん」

次いで、四糸乃の隣に神妙《しんみょう》な面持《おもも》ちで正座をした十香が、四糸乃と『よしのん』に頭を下げる。

長い夜色の髪《かみ》に、水晶《すいしょう》のような瞳を備えた少女である。しかし今その顔は、いやにしゅんとした表情に彩《いろど》られていた。

「いえ、そんな……」

『そうよー、気にしないで十香ちゃん。悪気があったわけじゃないんだしー。四糸乃もちょっと驚いちゃっただけなのよー』

四糸乃が手を振《ふ》り、『よしのん』がわははと笑う。しかし十香は「む、むぅ……」と申し訳なさそうに肩をすぼめた。

「しかし、私のせいでシドーにまで迷惑《めいわく》をかけてしまった」

「え？」

急に名を呼ばれ、士道は顔を上げた。

「はは……別に俺は大丈夫《だいじょうぶ》だよ。たかだかお風──ふ、ふぇっくしょん！」

「し、シドー！」

思いの外《ほか》、身体が冷えてしまっていたのだろうか、大きなくしゃみをしてしまう。十香が心配そうな顔をして身を乗り出してきた。

「ああ、悪い悪い。大丈夫だか……らぁッ!?」

と、そこで突然《とつぜん》背中を蹴《け》られ、士道は前方に突《つ》っ伏《ぷ》した。

「いてて……何すんだよ！」

言いながらも……なんとなく犯人の目星はついていた。床《ゆか》に打ち付けた額をさすりながら後方に振り向く。

そこには髪を黒いリボンで二つに括《くく》った妹様が、片足を上げながら立っていた。

しかし犯人──琴里は悪びれるふうもなく、口にくわえてたチュッパチャプスをピンと立てながら腕組《うでぐ》みしてくる。

「四糸乃に続いて十香まで不安がらせてどうするのよ。今はただでさえ精霊の力が逆流しやすいんだから、くしゃみくらい根性《こんじょう》で堪《こら》えなさいっての」

「お、おまえなあ……」

眉をひそめ、恨《うら》みがましい視線を琴里に向ける。

だが、士道は琴里に異議を唱えはしなかった。ちょうどそのとき、士道の言葉を遮《さえぎ》るようにして、ピンポーン、と玄関《げんかん》のチャイムが鳴ったのである。

「ん……？」

来客だろうか。士道は視線を琴里から外の方に向けた。

すると、まるでそんな士道の仕草を察するかのように、がちゃりと玄関が開けられる音と、トントンと廊下《ろうか》を歩く音が聞こえてくる。どうやら家主の返事を待たず勝手に入ってきたらしい。

普通《ふつう》の客がそんなことをするはずがない。やたらアグレッシブな泥棒《どろぼう》か、気の早い酔《よ》っ払《ぱら》いでなければ、その足音の主は恐らく――

「士道、いるー？」

そんな声とともにリビングの扉《とびら》が開かれる。

ゆるいウェーブのかかったセミロングの髪を揺《ゆ》らしながら顔を出したのは、士道の予想通りの人物だった。

一言で言うなら、柔《やわ》らかそうな少女である。

それには無論物理的な意味も含《ふく》まれてはいるのだが……とにかくその表情や物腰《ものごし》、声に至るまでが、対面しているだけで思わずふにゃっと緊張感《きんちょうかん》を解いてしまうような柔和《にゅうわ》さに溢《あふ》れているのだ。彼女と話していると、まるでふかふかのお布団《ふとん》にくるまれているような気分になる……とは十香の弁である。実際、人見知りの激しい四糸乃ですら、彼女にだけは早々に懐《なつ》いていた。

園神凜祢《そのがみりんね》。五河《いつか》家の隣《となり》の家に住む少女にして、士道のクラスメート。そして——士道の『幼なじみ』である。

「凜祢。どうしたんだ？」

「うん、実は……って、士道こそどうしたのこの状況」

凜祢が首を傾《かし》げ……はっと何かに気づいたように肩《かた》を揺らす。

「もしかして士道、十香ちゃんと四糸乃ちゃんに何かしたの？」

「いや、なんでそうなるん……」

言いかけて、言葉を止める。

今リビングには、正座した十香と四糸乃に、床に這《は》い蹲《つくば》った士道、そして仁王立《におうだ》ちする琴里という、一見すると、士道が琴里に怒《おこ》られて十香と四糸乃に平謝りしているような光景が展開されていたのだ。ついでに十香と四糸乃は目にうっすら涙を浮《う》かべているときている。凜祢が戸惑《とまど》うのも無理のないことだった。

「だめだよ士道。女の子には優《やさ》しくしなくっちゃ！　一体何したの？　正直に言ってみて。

私も一緒《いっしょ》に謝ってあげるから……」

「何盛大《せいだい》に勘違《かんちが》いしたまま話進めてんだよ！　誤解だっての！」

士道は叫《さけ》ぶと、身を起こして凜祢にことのあらましを説明した。……無論、四糸乃の霊力や精霊云々《うんぬん》は上手《うま》く誤魔化《ごまか》して。

「なーんだ、そうだったんだ。……あ、私は士道を信じてたよ？」

「……真っ先に疑ってたのはどこのどいつだよ」

士道は半眼を作りながら凜祢を睨《にら》んだ。あはは、と凜祢が頬《ほお》に汗《あせ》を浮かばせながら頭をかく。相変わらず調子のいい奴《やつ》である。凜祢は昔からこうなのだ。そう、それこそ士道たちが小学校に入る前か、ら――

「……ん？」

士道は小さく首を捻った。なぜだろうか、昔のことを思い出そうとした瞬間《しゅんかん》、思考にノイズがかかるような感覚に襲《おそ》われたのである。

「？　どうしたの？」

「いや……何でもない。それより、何か用だったんじゃないのか？」

まあ、何年も前の話である。よく覚えていないのも当然だろう。士道はそう結論づけて、凜祢に向き直った。

「ああ、そうそう。実は……」

言って、凜祢が手にしていたものを示してきた。シャンプーや石けんなどが入れられた洗面器に、着替《きが》えが入っていると思《おぼ》しき布袋《ぬのぶくろ》である。

「お風呂を溜《た》めようとしたんだけど、なぜかお湯が出なくなっちゃって……。ちょっとお風呂貸してくれないかなって」

「え……」

士道は目を見開き、琴里の方を向いた。すると琴里がすっと膝《ひざ》を折り、凜祢に聞こえないくらいの声で囁《ささや》いてくる。

「……どうやら、さっきので水道管の一部が凍結《とうけつ》しちゃったみたいね。別に霊装《れいそう》まで顕現《けんげん》したわけじゃなし、被害《ひがい》規模はそこまで大きくないと思うけど……お隣さんじゃとばっちりを受けてても不思議じゃないわ」

「マジか……」

と、士道と琴里の会話が漏《も》れ聞こえたのだろうか、十香と四糸乃がさらに申し訳なさそうに肩をすぼませる。

士道はそんな二人に苦笑《くしょう》しながら、凜祢に視線を戻《もど》した。

「悪い、実はうちも今水が出なくなっちまってるんだ」

「ええっ、そうなの？　困ったな……」

凜祢があごに指を当て、眉を八の字に歪《ゆが》める。

実際、困っているのは士道たちも同じだった。士道は入浴を中断させられ身体《からだ》が冷えてしまったし、他の三人はまだ風呂《ふろ》に入ってもいない。シャワーも出ないままの状態では、汗を流すこともできないだろう。

と、士道がううむと唸《うな》っていると、凜祢が何かを思い出したかのように「あ」と声を発した。

「ねえ、みんなはもうお風呂入ったの？」

「ぬ……？　いや、まだだが」

十香が首を振る。それに同調するように、琴里と四糸乃もまた凜祢に目を向けた。

「そっか。それならこんなのはどうかな？」

凜祢は、指を一本ピンと立てた。


それから十数分後。士道たちは五河家をあとにしていた。

凜祢の提案は単純明快。みんなお風呂に入れなくて困っているのなら、一緒に銭湯にでも行こうというものだったのである。

　水が出るようになるまでどれくらいかかるかわからない以上、是非《ぜひ》もない。士道たちは凜祢と同じように替えの下着やタオルなどを小さなバッグに詰《つ》め、街灯に照らされた仄暗《ほのぐら》い道を歩いていた。

「しかし銭湯ってのも久々だな。随分《ずいぶん》行ってない気がするんだが……ていうか、そもそもあの銭湯、まだ残ってるのか？」

　まだ士道が小学生だった頃《ころ》、両親や琴里とともに近所の銭湯に行ったときのことを思い出す。その時点で相当客数が少なかったと思うのだが……

　士道が言うと、前を歩いていた凜祢が小さく首を回してきた。

「うん、年季は入ってるけど、まだまだ現役《げんえき》だよ。っていうかあの銭湯、地主のおばあちゃんが趣味《しゅみ》でやってるようなものだから、極端《きょくたん》な話常連さんが入りに来てくれれば十分らしいんだよね」

「はー……なるほど」

　士道は感嘆《かんたん》するように小さくうなずいた。趣味人のおばあちゃんと常連さんのおかげで温かいお風呂にありつけるのだ。感謝せねばなるまい。

「でもそっか、士道も行ったことあったんだね、あの銭湯」

「ああ、随分昔だけどな。あの頃はまだ琴里も小さかったから、『おにーちゃんと一緒に入る！』ってきかなくて——ぐえッ⁉」

士道は言葉の途中《とちゆう》で珍妙《ちんみよう》な悲鳴を上げた。突然背中に鋭《するど》いキックが叩《たた》き込まれたのである。犯人は考えるまでもない。——琴里だ。

「こ、琴里、てめ、何すんだよ！」

「うるさいっ！　何適当なこと言ってくれてんのよ！」

琴里が顔を真っ赤にしながら叫び、ふんと息を吐《は》いてのしのしと歩いていってしまう。

適当も何も、士道が言ったことは純然たる事実だったのだが……また蹴られそうなので黙《だま》っておいた。

「だ、大丈夫《だいじようぶ》、士道」

「ああ……」

「さっきから気になってたんだけど、なんか琴里ちゃん、いつもと雰囲気《ふんいき》違《ちが》わない？　反《はん》抗期《こう》……？」

「あー……まあ、そんなもんだ」

心配そうに言ってくる凜祢に、適当に返す。

実際琴里はつけているリボンの色によって強固なマインドセットを自分に施《ほどこ》しているの

だが……まあ、その辺は説明するとややこしいことになりそうだった。

と、どれくらい歩いた頃だろうか、なぜか妙《みょう》に戦慄《せんりつ》した面持ちの十香が、士道の腕《うで》をついてきた。

「シドー。……やはりもう一度しっかりと準備をした方がよいのではないか？」

「ん？　何か忘れ物でもしたのか？」

士道は首を傾げ、十香に視線をやった。十香や四糸乃の持ち物は家を出る前に凜祢と琴里に確認《かくにん》してもらったのだが……何か見落としがあったのだろうか。

しかし十香は、ぶんぶんと首を振《ふ》った。

「忘れ物以前の問題だ。このような軽装では、いざというとき生き残れんぞ」

「えっ？」

「ぬ？」

十香の言っていることが今ひとつわからず、眉《まゆ》をひそめると、十香も同じように困惑《こんわく》した顔で士道を見返してきた。

「……今から戦闘《せんとう》に赴《おもむ》くのではないのか？」

「イントネーションが違う。銭湯ってのはまあ……簡単にいうとでっかいお風呂のことだよ」

「大きな風呂……温泉か⁉」

十香が目を見開き、驚《おどろ》いたような声を発する。家で準備をしているときからやけに険しい顔をしていると思ったら、ずっと勘違いをしていたらしい。

「いや、温泉とはまた違うんだけどな。ま、行ってみればわかるさ」

「むう……そうか、大きい風呂か。うむ、それは、なんだ、いいと思うぞ！」

「おう。楽しみにしてな」

士道はうなずき、視線を前方に戻した。士道の記憶《きおく》が確かなら、そろそろ件《くだん》の銭湯に着くはずである。

「あれ？」

と、そこで前方を歩いていた凜祢が不意に声を発した。

不思議に思った士道だが……理由はすぐに知れた。士道の記憶通り、前方に古めかしい銭湯が見えてきたのだが、その前に、一人の少女が立っていたのだ。

肩口《かたぐち》をくすぐる髪《かみ》に、端整《たんせい》な、しかし表情のない顔。士道のクラスメート、鳶一折紙《とびいちおりがみ》である。

偶然《ぐうぜん》そこを歩いていたという感じではない。まるで、その場所で誰《だれ》かを待っていたかのような様子だ。

「むっ」

「ひっ……」

「…………」

彼女の顔を確認した瞬間、皆《みな》がぴくりと表情を動かした。十香が不機嫌《ふきげん》そうに腕組みし、四糸乃が士道の後ろに身を隠《かく》し――琴里が、何やら複雑そうに眉をひそめる。

何かと皆と因縁《いんねん》深い少女である。実際、折紙に敵対心や苦手意識を持っていないのは、この中では士道と凜祢くらいのものだった。

「折紙？　なんでこんなところに」

士道が問うと、折紙は手にしていたポーチを掲《かか》げてみせた。

「部屋のお風呂の給湯器が壊《こわ》れてしまったので、銭湯にきた」

「え……？」

士道は思わず眉根を寄せた。まさか、四糸乃の余波が折紙の家まで……？

しかし、すぐに思い直す。折紙の住んでいるマンションは、確か士道の家から相当離《はな》れているはずだ。もしそんなところまで被害が及《およ》んでいるとしたなら、もっと大きな騒動《そうどう》になっているだろう。

「そ、そうか……偶然だな」

「偶然」

折紙がこくりとうなずく。

「ところで……折紙のマンションの近くにはもっと大きな健康ランドがあった気がしたんだが、なんでわざわざこっちの銭湯に？」

「気分」

「……なんで銭湯の前で立ち止まってたんだ？」

「鳶一家には、銭湯に入る際は一旦《いったん》立ち止まらねばならないという教えがある」

「…………」

士道は無言でぽりぽりと頬《ほお》をかいた。いろいろと腑《ふ》に落ちないことはあったが……まあ詮索《せんさく》しても仕方ないだろう。折紙がいつどんな理由で銭湯に来ようと、それは折紙の自由である。

とはいえ……折紙もお風呂に入りにきたとなると、無性《むしょう》に女湯の方が不安になるのだった。

何しろ折紙は陸上自衛隊対精霊部隊《AST》——要は、十香たち精霊を倒《たお》すことを目的とした組織に所属している魔術師《ウィザード》なのである。言うまでもなく十香とは犬猿《けんえん》の仲であるし、四糸乃もまた、折紙を怖《こわ》がっているところがある。琴里に至っては、ついこの前大立ち回りを演じたばかりだ。そんな面子《メンツ》が仲良く入浴している絵面《えづら》など、まったく想像できない士道だった。

だが、

「わっ！　鳶一さんもお風呂なんだ。ね、一緒《いっしょ》に入ろう？」

凜祢が屈託《くったく》のない笑顔《えがお》でそう言って、折紙の手を取る。十香、四糸乃、琴里が目を丸くした。

「あ……ごめんなさい。一人で盛り上がっちゃって。迷惑《めいわく》……だったかな？」

折紙の反応がないのを不安がってか、凜祢が上目遣《うわめづか》いになりながら尋《たず》ねる。すると折紙はしばしの無言のあと、小さく吐息《といき》をした。

「……別に。構わない」

「！　やったぁ！　ね、みんなもいい？　一緒の方が楽しいもんね」

「し、しかしこやつは……」

十香が眉をひそめ、折紙を指さす。だがその瞬間《しゅんかん》、凜祢が悲しそうな顔になるのを見て、

「う……っ」と息を詰まらせた。

「駄目《だめ》……かな？」

「う、うむぅ……」

十香は困り切った様子でうなると、頭をわしわしとかき、再び折紙に指を突《つ》きつけた。

「勘違《かんちが》いするな⁉　凛祢が言うから仕方なくだぞ！」

「…………」

「この……！」

折紙がぷいっと顔を背《そむ》ける。無論のこと十香はいきり立ったが、凛祢によしよしと頭を撫《な》でられると、「うぐ……」とうなり、どうにか矛《ほこ》を収めた。

「はは……」

どうやら、凛祢がいれば安心のようだった。士道は苦笑《くしよう》してから皆を促《うなが》し、銭湯に入っていった。

そして番台に座っていたおばあちゃんに人数分の入浴料を支払《しはら》い、男湯の方に足を向ける。

「じゃあみんな、またあとでな。一時間後にここでいいか？」

言いながら手を振ると、皆がそれに応ずるように首肯《しゆこう》してきた。

「うん、じゃあね、士道」

「うむ。ではまた後ほどだ」

「はい……」

「覗《のぞ》くんじゃないわよ。家でならいざ知らず、こんなところでやったら一瞬で豚箱《ぶたばこ》コースだからね」

「家でもやっとらんわ！」

琴里の軽口に返し、やれやれと息を吐きながら『男』と書かれた藍色《あいいろ》ののれんをくぐっていく。

と、そこで。

「…………」

「……えと、何してるんですか折紙サン」

士道のあとにぴったりとくっついて男湯の脱衣《だつい》所に足を踏《ふ》み入れてきた折紙に気づき、頬に汗《あせ》を垂らす。

「気にしないで」

「気になるわっ！」

士道が叫《さけ》ぶと、のれんがバサッと翻《ひるがえ》り、泡《あわ》を食った様子で十香が男湯に入ってきた。

「鳶一折紙！　何をしている！　貴様はこちらだろう！」

だが折紙は慌《あわ》てるでも悪びれるでもなく、至極《しごく》落ち着いた様子で十香を見返した。そしてビッと十香を指さし、言う。

「──変質者」

「な、なんだとっ⁉」

さすがに予想外だったのだろう、十香がその不名誉《ふめいよ》極《きわ》まる呼称《こしょう》に肩を揺《ゆ》らす。しかし折紙は、淡々《たんたん》とした様子であとを続けた。

「あなたは女。なのに男湯に入ってきた。異性が衣服を脱《ぬ》ぎ局部を晒《さら》すこの脱衣所に足を踏み入れた。この上なく破廉恥《はれんち》。ピーピング十香」

「ぐ、ぐぬぬ……っ」

十香は悔《くや》しそうにうめき──すぐにハッと目を見開いた。

「待て！　貴様だって入っているではないか！」

「私は士道の付き添《そ》いなので問題ない」

「ふ、ふざけるなッ！」

と、十香が折紙に飛びかかろうとしたところで、今度は凜祢が入ってきた。

「はいはい二人とも、銭湯に迷惑かけちゃ駄目だよ」

「凜祢⁉　し、しかしこやつが……！」

「あなたには関係の──」

言いかけたところで、凜祢が二人の手をがっしと摑《つか》んだ。

「だ・め・だ・よ？」

「う、うぬ……っ」

「………」

十香と、未練がましい視線を士道に送る折紙が、凜祢の手によって女湯の方に連行されていく。なんだか幼稚園児《ようちえんじ》と引率《いんそつ》の先生みたいだなあと思う士道だった。

この凜祢という少女、性格は穏《おだ》やかで物腰《ものごし》も柔《やわ》らかいのだが……それだけに彼女に窘《たしな》められると、なんだかとても悪いことをしているような気分になるのだ。

どうやらそれは十香や折紙も例外ではないらしい。世界を殺す災厄《さいやく》『精霊』と、人間を超《こ》えた人間『魔術師《ウィザード》』が、揃《そろ》って何も言えずに連れていかれるというのは、なんだか不思議な光景だった。

「ったく……」

士道は小さく息を吐《は》きながら、改めて脱衣所の中を見渡《みわた》した。もし人がいたなら、騒々しくしたことを詫《わ》びねばなるまい。

だが、その心配は無用のようだった。見る限り、士道以外に人影《ひとかげ》はなく、脱衣カゴも使われていない。どうやら男湯には今、士道一人しかいないらしい。

幸いなことに、四糸乃の冷気はそう広い範囲《はんい》に影響《えいきょう》を及ぼしたわけではなかったようだ。

もし広範囲にわたって水道管が凍結《とうけつ》していたなら、お風呂《ふろ》が使えなくなった家の住人たちがもっとここを訪《おとず》れているはずである。

「はは、貸し切り状態ってか」

言いながら、士道は手近な脱衣カゴの前に立ち、服を脱いでいった。

そして手早く脱衣を終え、タオルを片手に、風呂場に歩いて行く。扉《とびら》を開けると、もわっと白い湯気が視界いっぱいに広がった。

相当年数の経《た》っている建物のはずだが、中は存外綺麗《きれい》に保たれている。ずらりと並んだ洗い場の先に広い湯船が見え、壁《かべ》には富士山が描《えが》かれていた。

やはり、風呂場にも客の姿はない。士道は適当な洗い場で身体《からだ》を洗うと、湯船に歩いていって身体を浸《つ》からせた。

「あぁー……」

畳《たた》んだタオルを頭にのせながら、年寄り臭《くさ》い声を響《ひび》かせる。

湯は少し熱めだったが、水風呂に浸かり夜道を歩いてきた士道にはむしろ心地《ここち》よかった。背を壁につけて手足をぐぐっと伸《の》ばす。弛緩《しかん》した関節にじんわりと熱が染《し》み渡るような感覚。これも、自宅用のバスタブではできない贅沢《ぜいたく》である。

「あー……気持ちいい。身体伸ばせるってだけでこんなに違《ちが》うのか。広い風呂ってのもいいもんだな」

と、士道が独り言を呟《つぶや》いていると、背を預けている壁の方から、何やらガラガラっという音が聞こえてきた。

「ん……？」

不審《ふしん》に思い辺りを見回すが……その原因はすぐに知れた。

『おおっ、本当に広いな！　とうっ！』

『あっ、駄目だよ十香ちゃん。みんなが入るお風呂なんだから、身体を洗ってから、ね？』

『ぬ、うむ、そうだったな！』

ぺたぺたという足音に次いで、くぐもった声が聞こえてきたのである。どうやら女湯の物音や声が、こちらまで響いてきているらしかった。

「な……おいおい、壁薄《うす》すぎだろここ……」

士道が頰《ほお》をかきながら眉《まゆ》をひそめていると、壁の向こうの女子軍が身体を洗い終え、風呂に入ってきたようだった。琴里の声が反響してくる。

『あー、いいお湯ね。今日はお風呂抜《ぬ》きになると思ってたから特に』

『す、すみません……』

『だから、気にしないでって。むしろ四糸乃のおかげでここに来れたってことでいいじゃない』

『そうだよ四ー糸乃。みんなでお風呂楽しいじゃなーい』

『う……うん、そうだね、よしのん』

『ほらほら、せっかくだからみんなの光子力ミサイルをよーく観察しておくんだよー？　そうねー、敵情視察は重要だし、明確な目標があると成長しやすいっていうじゃなーい？　よしのん的オススメは、形と大きさは十香ちゃん、触《さわ》り心地は——』

『……っ！』

四糸乃が息を詰《つ》まらせると同時、何やらぱしゃぱしゃという音が響き、それきり『よしのん』の声が聞こえなくなった。

『す、すいません……、よしのんが変なことを……』

四糸乃が焦《あせ》ったように言うと、あはは、という朗《ほが》らかな笑い声が聞こえてきた。——凜祢だ。

『いいってば。女の子だけなんだし。それに実際……』

『ぬ、どうした凜祢』

凜祢が言葉を切ったかと思うと、十香の不思議そうな声が聞こえてくる。

『……改めて見てみると、なんていうか、十香ちゃん本当にすごいなあって……』

『すごい？　何がだ？』

『いや、それは……ほら、ねえ』

凛祢が言うと、他の面子《メンツ》が皆《みな》うなずく様子がわかった。

『ぬぅ、一体何なのだ？　皆で何を納得《なっとく》してい……るッ!?　な、なぜお湯を飛ばしてくるのだ鳶一折紙！』

『別に』

『おのれ貴様、許さんぞ！』

『ふふ、まあ落ち着いて落ち着いて。ほら、鳶一さんも。鳶一さんだってスタイルいいじゃない』

「…………」

なんだろうか、妙《みょう》に顔が熱くなるのを感じる士道だった。

きっと風呂が熱すぎるせいだろう。士道は頭の中でそう結論づけて、ぬるめの湯が張られている浴槽《よくそう》に向かおうとした。

しかし、そこで。

『ねえ……みんな。ちょっと話は変わるんだけど』

凜祢が、静かにそう言った。

『――士道のこと、どう思う？』

「む……？」

不意に凜祢が発した問いに、十香は目を丸くした。

今女湯には、十香たち五人と一匹《いっぴき》しかいない。十香の右手に凜祢、左手に四糸乃、向かいに、なぜか風呂だというのにリボンをつけたままの琴里という配置で湯に浸かっており、そこから少し離《はな》れた位置で、折紙が壁に背をつけていた。

そんな中、凜祢が先ほどの言葉を発したのである。

十香はその質問の意図がよくわからず、首を傾《かし》げながら凜祢の方に目をやり、皆の反応を見るように順繰《じゅんぐ》りに視線を移動させていった。

風呂に入っているのだから、無論のこと皆全裸《ぜんら》である。よく見てみると、服の上からはわかりづらかった各々《おのおの》の体型の違いが一目瞭然《いちもくりょうぜん》だった。

まず凜祢であるが、彼女はなんというか『ほにょほわっ』で『きゅっ』という感じで、抱《だ》きつくと幸せな気分になりそうだった。そう。シルエットはほっそりしているのに、なんだか無性《むしょう》に『ほにょ』感があるのだ。その『ほにょ』感といったらもう、マシュマロに匹敵《ひってき》するレベルである。

四糸乃はどちらかというと『ぷりょむ』からの『ぴちっ』だろうか。『ほにょ』感では凜祢に劣《おと》るものの、また違った魅力《みりょく》がある。まるでゼラチン多めで固められたゼリーのように、瑞々《みずみず》しい『ぷりょ』感があるのだ。

反して琴里は、四糸乃と同じくらいの体格ながら、逆に『さらっ』ときて『ぷにゃっ』だろう。四糸乃がゼリーなら琴里の『ぷにゃ』感は歯ごたえのあるグミといったところだろうか。好みの差こそあれ、どちらも美味《おい》し……もとい、可愛《かわい》らしかった。

最後に折紙であるが、『しゃすとん』、そして『しゅぱっ』という感じだ。たとえるならば爽快感《そうかいかん》のあるミント味のキャンディである。まこと不本意ではあるが、最悪の人間性に反して、彼女の身体は格好がよかった。華奢《きゃしゃ》ながらもほどよくついた筋肉が、『しゃっ』感を増しているのだ。

しかし十香は、そこで思い直すように小さく首を振《ふ》った。

見慣れぬ自分以外の身体についい目がいってしまっていたが、今重要なのはそれではなく、凜祢の問いであったのだ。

「シドーのこと?」

十香が首を傾げながら問うと、凜祢はいつもの如《ごと》く優《やさ》しく微笑《ほほえ》んだ。

「うん。十香ちゃんは、どう思ってるの？」

「どう……というと」

十香はううむとうなりながらあごに手を当てた。すると、凜祢が微笑《びしょう》のまま言葉を続けてくる。

「つまりね──十香ちゃんは士道のこと、好きなの？」

『……!?』

なぜだろうか、凜祢がそう言った瞬間《しゅんかん》、皆の表情がぴくりと変わった気がした。

だが、考え込まねばならないような問いではない。

「うむ、当然だ」

大きく首肯《しゅこう》して、続ける。

「──シドーは私を救ってくれた。シドーが私に居場所をくれた。今の私があるのは、シドーがいてくれたからだ。この恩は、一生をかけて返すつもりだ」

十香が答えると、凜祢は「うーん」と頬をかいた。

「んー……そういう感じとはまたニュアンスが違うんだけどね。──じゃあ訊《き》き方を変えよっか。十香ちゃんは、士道といると楽しい？」

「うむ！　とても楽しいぞ！」

「士道と一緒《いっしょ》にいると、ドキドキしたりする？」

「ドキドキ……うむ、するな。なぜ知っているのだ？」

「ふふ、なんでだろうね」

十香が言うと、凜祢は再びニコッと微笑んだ。そしてそのまま、十香の隣《となり》に視線を移動させる。

そこには、髪《かみ》をまとめ上げた四糸乃と、全身をビニールで覆《おお》われた『よしのん』の姿があった。

「四糸乃ちゃんは……どう？」

「え……っ？」

急に凜祢に話を振られ、四糸乃はビクッと肩《かた》を揺《ゆ》らした。その際、押さえていた『よしのん』の口が自由になってしまう。

『ぷはっ、もー、何するのさー。ひどいなあ四糸乃ー』

『よしのん』が防水用のビニールウェアをくねらせながら不満を漏《も》らしてくるが、四糸乃はそれに返すこともできなかった。

凜祢の質問。「どう？」とは……つまり十香にした質問と同じことを訊かれているのだろう。

つまり……士道が好きか、と。

「わ、私は……その……」

四糸乃はしどろもどろになりながら顔を真っ赤に染めた。好きか否《いな》かと問われたなら、それは、あれだが、この面子の中でそんなことをはっきりと言えるはずがない。

と、そんな四糸乃の耳元に、『よしのん』が顔を近づけ、皆に伝わらぬくらいの声で話しかけてきた。

『凜祢ちゃん、攻《せ》めてきたねー。負けちゃ駄目《だめ》だよ四糸乃。ここは一発、ガツンとかましちゃおう』

「そ、そんな……」

言いながら、凜祢の方をちらと見やる。しっとりと濡《ぬ》れた髪が張り付いた首元から身体《からだ》に向けて、彼女の性格と同じく柔《やわ》らかそうなラインが描《えが》かれていた。まさに「女の子っ」という感じの可愛らしい肢体《したい》である。四糸乃に勝ち目なんてあるわけがない。

次いで、四糸乃は十香に目を向け……ごくりと唾液《だえき》を飲み下した。

……完璧《かんぺき》、だったのである。形のよい乳房《ちぶさ》に、柔らかいながらも引き締《し》まったウエスト。すらりと伸《の》びた脚《あし》。男性が想像する理想の女の子と、女の子が憧《あこが》れる理想の女の子のちょうど交点に位置する、造物主に愛されたとしか思えない身体。……嗚呼《ああ》、やはり、四糸乃なんかが挑《いど》めるような相手ではない。

皆の輪から離れたところにいる折紙もまた、胸のサイズこそ十香に劣るものの、どこか狼《おおかみ》を思わせるような、すらっと美しい身体をしている。二の腕《うで》やお腹《なか》がぷにっぷにな四糸乃ではとてもとてもとても太刀《たち》打ちできない。

四糸乃は縋《すが》るような思いで、自分の左手——琴里を見やった。

前の二人よりはずっと四糸乃に近い体格をしている琴里である。実際、身長もスリーサイズもそう変わらないはずだった。……だが、その肌《はだ》のきめ細かさといったらどうだろう。ほんのり桜色になった滑《なめ》らかな肌の表面を、水滴《すいてき》がするりと落ちていく様といったら、思わず息を呑《の》む美しさである。……なんだか泣きたくなってくる四糸乃だった。

周りを見回してみて、皆と自分との落差に改めて愕然《がくぜん》とする。やはりこんなメンバーの中で、凜祢の問いに「はい」だなんて言えるはずがない。適当に言葉を濁《にご》そうと、震《ふる》える唇《くちびる》を動かそうとする。

だがそのとき、煮《に》え切らない四糸乃を見かねてか、左手の『よしのん』が身体をくねらせながら口を開いた。

『あー、四糸乃は自分からはあんまり言わないけど、士道くんのこと大好きよー？　「十香さんは士道さんに話しかけられていいなあ」とか、「琴里さんは士道さんといつも一緒にいられていいなあ」とか、いーっつも言ってるし』

「っ⁉　よ、よしのん……っ！」

四糸乃は慌《あわ》てて『よしのん』の口を押さえようとした。

だが、『よしのん』はひらりと身をかわすと、さらに言葉を続ける。

『いやホントホント。今日は士道さんと手を繋《つな》げてよかったとか、明日《あした》は何回お話できるかなとか毎晩のように聞かされるしー。士道くんちに行くときなんかは熱心にお洋服選んだり、鏡の前で笑顔《えがお》の練習を――』

「……っ！」

四糸乃は顔を真っ赤にして息を詰《つ》まらせると、右手で自分の左腕――要は『よしのん』の足元を押さえ、そのまま湯船の中に引きずり込んだ。

〈ラタトスク〉に拵《こしら》えてもらった、『よしのん』専用防水ビニールウェアを着ているため濡れることはないだろうが、途端《とたん》に『よしのん』の声が聞こえなくなる。

「え、えっと……その、き、気にしないでください……っ」

四糸乃はあわあわとした調子で言い、再び顔をうつむけた。

『よしのん』の言ったことは全部でたらめ……とは言えなかった。……実際、どれも本当のことだったのである。

だが、まさかこんなタイミングで皆《みな》にそれをばらされるとは思ってもいなかった。恥《は》ずかしいやら恐《おそ》ろしいやらで頭がこんがらがり、目がぐるぐると回る。

「ふふっ、そっか」

凜祢はそんな四糸乃の様子を見て微笑のまま小さく首肯すると、今度はその隣——琴里に目を向けた。

「…………」

凜祢が十香や四糸乃と話している最中、琴里は周囲に目をやり、日頃《ひごろ》は目にすることができない少女たちの裸体《らたい》を観察していた。

……なんというか、眼福である。同性の琴里でさえそう思うのだから、男——たとえば士道がこの輪の中に急に現れたとしたなら、もう大変なことになるだろう。

だが、それは同時に、琴里にとって非常に深刻な問題をはらんでもいた。

無言で、視線を数度下へ。そこには無論、一糸纏《まと》わぬ少女たちのたわわに実った二つの果実が鎮座《ちんざ》している。

まずは凜祢だ。正確に測ったわけではないが、琴里より一〇センチ弱上といったところだろうか。年齢差《ねんれい》三歳ということを考えれば、今後の展開次第《しだい》で到達《とうたつ》可能な領域だ。琴里の当面の目標は彼女ということができた。

次に、十香。彼女の数値は、〈ラタトスク〉で詳細《しょうさい》に調べたためよく知っていた。バスト八四センチ。数字だけを見ると少し大きいかな、くらいだが、十香の場合身長との比率が曲者《くせもの》なのだ。十香の身長から算出した平均値と比べると、実に三センチものアドバンテージを有している。琴里にとってはもはや怪物《かいぶつ》である。

そんな中、一服の清涼剤《せいりょうざい》が鳶一折紙だった。琴里と年が三歳離《はな》れ、身長差もあるというのに、数センチほどしかサイズが変わらないのだ。とはいえ無論彼女には、それを補って余りあるスレンダーな魅力《みりょく》があるわけなので、油断はできないのであるが。

……そして、最後。

琴里の心をもっともざわつかせるのは、意外にも四糸乃だった。

十香と同じように、琴里は四糸乃の身体データも詳細に計測していた。だからこそ、知っている。——四糸乃は、琴里よりも身長が一センチ低いというのに、バストサイズが一センチ大きいのである。ジーザス。なんてこった。神は死んだ。それを知ったときの琴里の衝撃《しょうげき》といったらない。その晩は〈フラクシナス〉のバーカウンターでファンタに溺《おぼ》れたくらいだ。

認めたくない事実。……琴里は今ここにいるメンバーの中で、『よしのん』の次に×乳(琴里の自尊心のため検閲《けんえつ》)さんだったのだ。

「――琴里ちゃんは?」

「……っ、な、何が⁉」

不意に問われて――琴里はビクッと肩を動かした。

だがそこですぐに、十香や四糸乃にしていた質問が、琴里に回ってきたのだと理解する。

「別に。士道はただの兄よ。それ以上でもそれ以下でもないわ」

ふふんと鼻を鳴らし、悠然《ゆうぜん》と腕を組みながら返す。きっぱり言い切ってしまえば、凜祢もそれ以上追及《ついきゅう》はしてこないだろう。

だが、琴里がそう言った瞬間《しゅんかん》。湯船に浸《つ》かっていた凜祢、十香、四糸乃が、一様に『えっ?』という顔をして琴里を見てきた。

「な、何よ、その顔は……」

すると皆が顔を見合わせてから、再び琴里に目を向けてくる。

「だって……ねぇ」

「何を言っているのだ？　琴里はシドーが大好きではないか」

「えと……私も、そうかと思ってました……」

『んもー、琴里ちゃんたら素直《すなお》じゃないんだからー』

「んな……ッ」

琴里は頬《ほお》を真っ赤に染めて目を見開いた。

「じ、冗談《じょうだん》はよしてよね！　誰《だれ》もそんなこと言ってないでしょ！」

ぱしゃん！と水面を叩《たた》きながら抗議《こうぎ》の声を上げる。日頃あれだけ士道に対してクールに振《ふ》る舞《ま》っているというのに、なぜ彼女たちからそんな感想が出てくるのかが理解できなかった。

しかし、皆は琴里のそんな反応こそが理解できないといった様子で、さらに訝《いぶか》しげな顔をしてくる。凜祢が新たな意見を求めてか、んー、と小さくうなってから折紙の方を向いた。

「鳶一さんはどう思う？　琴里ちゃんのこと」

「…………」

問われると、折紙はゆらりと琴里の方を一瞥《いちべつ》してから、凜祢に視線をやった。

その視線に反応して、琴里は小さく眉《まゆ》を歪《ゆが》めた。誤解ということで決着がついたとはいえ、折紙は一時、琴里を両親の仇《かたき》と疑っていた時期があったのだ。互《たが》いの間に、複雑な感情が介在《かいざい》するのは否定できなかった。

そんな事情を知るはずもない凜祢が折紙に声をかけたのは仕方ないにしても——折紙が何らかの回答を返してくるとは考えづらかった。琴里は小さく息を吐《は》くと凜祢の方に向き直り——

「士道はロリコンとシスコンを自称《じしよう》していた。五河琴里は乗り越《こ》えねばならない大きな障害の一つ」

不意に折紙が放った言葉に思わず咳《せ》き込んだ。

「な、なにを……！」

言いかけたが、思い当たる節がないでもなかった。確か、折紙に士道を嫌《きら》ってもらおうと逆デートを企《くわだ》てたとき、士道にさせた発言の一部だ。……まあ、結果は見ての通り失敗に終わったのであるが。

とはいえ、〈ラタトスク〉のことを凜祢や折紙に知られるわけにいかない以上、そのときの真相を琴里が明かすわけにもいかなかった。弁明しようとしてぐっと堪《こら》える。

だがその発言に驚《おどろ》いたのは琴里だけではなかった。凜祢が目を丸くし、口をぽかんと開ける。

「えっ、な、し、士道がそう言ってたの……？」

「そう」

「冗談とかじゃなくて？」

「真剣《しんけん》な眼差《まなざ》しで」

「……………」

凜祢はしばしの間黙《だま》り込むと、がしっと琴里の肩《かた》を摑《つか》んできた。

「ねえ、琴里ちゃん。お風呂上《ふろあ》がりに士道の視線を感じるとか、やたら身体を触《さわ》ろうとしてくるとかあったら、いつでもうちに泊《と》まりにきていいからね？」

「なんでそうなるのよっ！」

琴里が頰を染めながら叫《さけ》ぶと、凜祢は苦笑《くしよう》を浮《う》かべた。

「あはは……冗談冗談。さすがに士道もそこまでしないよね……？」

なんだか自分に言い聞かせるようにそう言ってから、凜祢は次いで折紙に目を向けた。

「鳶一さんは……どう？　士道のこと、どう思ってる？」

「生涯《しょうがい》の伴侶《はんりょ》」

間髪《かんはつ》入れずに答える。すると凜祢が驚いたように目を丸くし、同時に琴里と十香が「な……っ」と眉をひそめた。ちなみに、四糸乃はボンッと顔を赤くして口元までを湯に浸け、ぶくぶくーと泡《あわ》を発していた。

「ち、ちょっと待ちなさいよ！　何勝手なこと言ってるの⁉」

「そうだ！　ふざけるのも大概《たいがい》にするのだ！」

琴里と十香がいきり立つように声を上げてくる。

が、どんな反応をされようと、他《ほか》に言いようがなかったし、言葉を撤回《てっかい》するつもりもなかった。士道は折紙と将来を誓《ちか》い合った恋人《こいびと》同士なのだ。

とはいえ無論、油断はできない。凜祢に、十香に、琴里に、四糸乃。今風呂に浸かっている面子《メンツ》は、皆虎視眈々《こしたんたん》と士道を狙《ねら》っている狡猾《こうかつ》な女狐《めぎつね》たちなのだ。いくら士道が折紙への愛を貫《つらぬ》こうとしても、彼女たちが卑劣《ひれつ》な妨害《ぼうがい》をしてくるのは目に見えていた。

折紙は凜祢に目を向け、心中で歯嚙《はが》みした。きっとこの女、幼なじみというポジションをフル活用して不意を衝《つ》き、その肢体《したい》を使って純朴《じゅんぼく》な士道を籠絡《ろうらく》するつもりに違《ちが》いない。穏和《おんわ》そうな顔をしてなんと恐《おそ》ろしい女だろうか。まるで女郎蜘蛛《じょろうぐも》である。日頃見慣れていたはずの幼なじみが、不意に見せる女の顔に士道はドキドキである。

次いで折紙は、最も憎《にく》らしく、最も鬱陶《うっとう》しい女に目を向けた。夜刀神《やとがみ》十香。折紙の士道に無許可でベタベタくっつく害虫である。

普通《ふつう》に考えれば士道がそんな女に振り向くはずはないのだが……問題は、その見目の麗《うるわ》しさと、胸元《むなもと》にぶら下がった下品な脂肪《しぼう》の塊《かたまり》だった。士道の男としての本能を衝いた、卑劣極《きわ》まる手段である。細心の注意を払《はら》わねば、士道はその胸に引き寄せられ、そのままパクッと食べられてしまうだろう。なんと忌《い》まわしい。まるでチョウチンアンコウのような女だ。

反して、そういった武器を持っていないにも拘《かか》わらず、強烈《きょうれつ》な存在感を示す女がいる。そう。『義理の妹』五河琴里だ。

むしろ、凜祢のふかふかボディや十香の備えた二つの提灯《ちょうちん》よりも、彼女の発展途上《とじょう》ボディをこそ注意すべきなのかもしれない。何しろ士道はロリコンとシスコンを自称しているのである。一緒《いっしょ》に暮らしている中で間違いが起こってしまう可能性も十分あった。日常に潜《ひそ》む脅威《きょうい》。まるでカメレオンだ。

同じ理由で、〈ハーミット〉四糸乃も油断できなかった。琴里とはまた異なる、マニア受けしそうなぷにぷにの肉体。こんな凶器《きょうき》、何があっても士道の前に晒《さら》すわけにはいかない。

しかもその気弱そうな外見がまた曲者《くせもの》だった。こういう女が一番恐ろしいのだ。男心をくすぐる術《すべ》を心得ている。まるで食虫植物。怪奇《かいき》ウツボカズラ女である。

しかし。折紙は首を振った。どんな女が相手だろうと、士道を渡《わた》すわけにはいかない。

「士道は私の運命の人。何があろうとそれは変わらない」

折紙が言うと、琴里と十香がまたも反論してこようとした。

が、凜祢が手を広げてそんな二人を制すると、皆《みな》のときと同じように微笑《ほほえ》んでみせた。

「そっか。鳶一さんも好きなんだね、士道のこと」

「………………」

折紙は無言でうなずいたのち──凜祢に睨《にら》むような視線を送った。

「なぜ、急にそんなことを訊《き》くの？」

「え？」

折紙に訊《たず》ねられ、凜祢が目を丸くする。

どうやらその疑問は十香や琴里、四糸乃も持っていたらしい。とりあえず折紙への抗議を止《や》め、凜祢に目を向けた。

「ええと……別に深い意味はないんだけどね。女の子だけで集まる機会もあんまりないし、せっかくだからと思って」

「そう」

折紙は深く追及もせず、そう言った。実際、女子高生が色恋の話を始めるのに明確な理由などはないだろう。

だが、一つ無視できないことはあった。静かに唇《くちびる》を開く。

「――それで、あなたはどうなの。園神凜祢」

「え？」

折紙の質問を受けて、凜祢が素《す》っ頓狂《とんきょう》な声を上げる。どうやら、自分にその問いが返ってくるとは思っていなかったらしい。

だが、それは十香にとっても興味深い問いだった。こくりとうなずき、口を開く。

「うむ、確かに凜祢の答えはまだだったな。どうなのだ？　凜祢は、シドーのことをどう思っているのだ？」

十香が不本意ながら折紙に同調するように言うと、琴里と四糸乃も興味深そうにうんうんとうなずいた。

凜祢が、困ってしまったような笑《え》みを浮かべながら頬をかく。だが、やがて皆の視線の前に折れたのだろう、小さく息を吐くと、ゆっくりと唇を動かしてきた。

「──好きだよ。もちろん」

言って、いつものように優《やさ》しげに微笑む。

その反応を見て、折紙と琴里が唇を引き結び、四糸乃がさらに頬を赤くしてまじまじと凜祢を見た。

十香としては……まあ、別にさほどの驚きはなかった。凜祢が士道を大切に思っているのは、日々の様子を見ていればなんとなく察しが付いていたし、十香は凜祢のことも大事な友人と思っている。そんな凜祢が十香と同じように士道を好いていてくれるのは、とても喜ばしいことのはずだった。

だが──なぜだろうか。

「む……」

頭ではそう理解できていても……凜祢の口からその言葉を聞いた瞬間《しゅんかん》、なんだか胸の中を猫《ねこ》じゃらしでくすぐられるような、奇妙《きみょう》な感覚が生まれたのである。

「念のため訊いておく」

と、折紙が凜祢の顔をジッと見据《みす》えながら、言葉を続ける。

「それは、幼なじみとしてではなく、男として、という意味?」

その問いに、皆が一斉《いっせい》に息を呑《の》む。

凜祢はしばしの間考えを巡《めぐ》らせるように視線を上にやってから、それに答えた。

「うーん……どっちも、かな」

「そう」

折紙が短く言って、小さくうなずく。

「それならば、あなたも私の敵。士道は絶対に渡さない」

「な……」

折紙の言葉に、十香は眉をひそめた。二人の間で交《か》わされたやりとりはともかくとして、「士道は絶対に渡さない」という点は聞き過ごせなかった。湯船から立ち上がり、折紙に食ってかかろうとする。

だが、その行動はすんでのところで止められた。

凜祢が手を広げて十香と折紙の間を遮《さえぎ》りながら、否定を示すように首をゆっくりと横に振《ふ》ったからだ。

「ううん、そういうことにはならないと思う。どっちも、っていうのは、どっちも兼《か》ねてるってことじゃなくて……どっちにもなれるって意味に近いから」

「……どういうこと？」

折紙が怪訝《けげん》そうに返す。すると、凜祢はまたもうっすらと笑みを浮かべながら続けた。

「私はね、士道が好き。大好き。もしかしたら、この中で一番かもしれないくらいに」

「……っ」

凜祢の言葉に、十香は息を詰《つ》まらせた。

それは折紙や琴里、四糸乃も同じだったらしい。皆が表情をぴくりと動かし、否定の声を上げようとしてか唇を動かしかけた。

だが、それよりも早く、凜祢があとを続けてくる。

「もし士道が私を求めるのなら、私はその全《すべ》てに応じるよ。恋人になって、キスをして、交わって、結婚《けっこん》をして、士道が望むだけ子供を産んで、一緒に老いていくつもり。——でも、もし士道が他の人を選んだとしても、私は構わないの」

「……とても信じられない」

折紙が言うと、凜祢はさらに笑みを濃《こ》くした。

「ふふ、そうかもね。でも、本当だよ？」

言って、指をピンと立てる。

「たとえば——士道が鳶一さんと結婚したいと思ったなら、私は心からそれを祝福する。もちろん、それは他の人でも同じ。士道が十香ちゃんを選んでも。琴里ちゃんを選んでも、四糸乃ちゃんを選んでも、あるいは私の知らない誰《だれ》かを選んでも」

凜祢が、続ける。

まるで、歌うように。

「もちろん、誰も選ばなくても構わない。逆に、全員を手に入れたいっていうならそれも応援《おうえん》するよ。士道が幸せなら、私はなんでもしてあげる。士道が望むなら、私がなんでも叶《かな》えてあげる。私は士道の幼なじみでも、恋人でも、妻でも、妹でも、姉でも、母でも、娘《むすめ》でも、上司でも、部下でも、敵でも、仇《かたき》でも、他人でも、構わないの。——士道が幸せなら、それで」

「凜、祢……？」

十香は微《かす》かに眉《まゆ》をひそめ、凜祢の名を呼んだ。

表情が変わったわけでもない。声が変わったわけでもない。口調が変わったわけでもない。

だというのに——十香は一瞬、凜祢の優しい笑顔に、何か恐怖《きょうふ》のようなものを覚えてしまったのである。

熱いお風呂《ふろ》に入っているというのに、背筋に冷たいものが走るかのような感覚。

凜祢の言動が怖《こわ》いだとか、気持ち悪いと思ったわけではない。そんなものより、もっと異質で、もっと根元的な――

「あ……」

と、凜祢が皆の表情に気付いたかのように小さく声を発した。その瞬間、今し方感じていた妙《みょう》な感覚が嘘《うそ》のように消え去る。

「……あ、いけない。ちょっと話し過ぎちゃったかな。ごめんねみんな。一人で盛り上がっちゃって。――でも、士道が誰を選んでも文句はないっていうのは本当だよ」

そして、あははと苦笑《くしょう》する。張り詰めていた空気がとけ、皆が息を吐《は》くのがなんとなくわかった。

だが、

「――今度は、注意しないと」

「ぬ……？」

十香は小さく眉根《まゆね》を寄せた。他の皆は気付いていないようだったが、凜祢が何かを言うのが聞こえたのである。

しかし、十香がそれを凜祢に訊ねるより早く、壁際《かべぎわ》にいた折紙が声を発してきた。

「……あなたの価値観は不可解。しかし、士道の幸せを願うというただ一点においては、私も同じ気持ち。——安心してほしい。士道はきっと、私が幸せにする」

「ち、ちょっと待て！」

十香はたまらず、凜祢に向けかけていた顔を折紙の方にやった。

「勝手に決めるな！　貴様がシドーを幸せにできるはずがない！」

「では、誰なら幸せにできるというの」

「それは……わ、私なら——」

「はっ」

十香が言いかけると、折紙がやれやれといった様子でため息を吐《つ》いた。

「あなたには不可能。あなたには欠陥《けっかん》しかない。あなたのような女を伴侶《はんりょ》にしたなら、士道は一生苦しむことになる」

「な、なんだと⁉」

十香はぱしゃりとお湯を弾《はじ》きながら、折紙に向かって足を踏《ふ》み出した。

「凜祢……？」

壁の向こうから断片《だんぺん》的に漏《も》れ聞こえてくる言葉を聞いて、士道は困惑《こんわく》したように表情を歪《ゆが》めた。

先ほどまで、まさかのガールズトークを耳にしてしまい、顔を真っ赤にしていた士道だったのだが……凜祢が話し始めてから、何だか女湯の様子が変わったように感じたのである。

「何……言ってるんだ？」

ごくりと唾液《だえき》を飲み下す。

明らかに、凜祢の様子がおかしかったのである。

まるで何かに取り憑《つ》かれたような調子で、滔々《とうとう》と士道への想《おも》いを語っていく。だがその内容は、思わず眉をひそめてしまうようなものだったのである。

――士道が幸せならば、構わない。

そんな、献身《けんしん》というには度の過ぎたことを言い始めたのだ。

先ほど、確かに凜祢は、士道のことを好きと言ってくれた。

士道が望むのなら恋人《こいびと》になり、結婚もすると言った。

とはいえそれは、幼なじみ特有の軽口のようなものだろうとすぐに察しが付いていた。

実際、凜祢は小さい頃《ころ》から、ことあるごとに「士道のお嫁《よめ》さんになる」みたいなことを言って——

「……あれ？」

頭の中に静電気が走るかのような感覚が生まれ、士道は額を押さえた。

先刻。凜祢が五河家を訪ねてきたときと似たような感覚。昔のことを思い出そうとした瞬間、急に思考にノイズがかかったのである。

否《いな》——より正確に言うのであれば。

昔のこと……ではなく、凜祢と過ごした日々の記憶《きおく》を思い起こそうとすると、その感覚が襲《おそ》ってくるのだ。

「なんだ……これ」

凜祢は、幼なじみで、ずっと士道の家の隣《となり》に住んでいたはずだ。そう。それこそ一〇年以上は前から。学校もクラスもずっと同じで、毎朝一緒《いっしょ》に登校していた。確か士道が来禅《らいぜん》高校を志望したのだって、凜祢が行くと聞いたから……だった、気が、する。

「そう……だよ、な？」

士道は自問するかのように呟《つぶや》いた。曖昧《あいまい》なビジョン。覚えているはずなのに、覚えていない気がする。知っているはずなのに、知らない気がする。

だが、凜祢という少女が存在しているのはまぎれもない事実なのである。間違《まちが》っているとすれば、それは士道の……

『ちょっと、十香！　落ち着きなさい！　こんなところで──』

と、そこで、壁の向こうから琴里の声が聞こえてきて、士道はハッと顔を上げた。何やら、女湯でいざこざが起きているらしい。琴里の声に被《かぶ》って、十香と折紙が言い合いをするような声が聞こえてきた。

「あ──」

しかし。士道はさらに激しい頭痛に襲われ、顔をしかめた。

何が起こっているのかは気にかかったが、琴里の声を聞いた瞬間、とあることが思い起こされたのである。

──琴里は五年前、ノイズのような『何か』によって霊力《れいりょく》を与《あた》えられ、精霊にされた。

そして、当時士道たちの住んでいた街に大火事を起こしてしまったのである。

そう。士道たちは五年前まで、今の家とは別の場所に住んでいたのだ。ならば、凜祢は……？　凜祢も士道たちと同じように、南甲町《なんこう》から今の場所に引っ越《こ》してきたのだったろうか？　偶然《ぐうぜん》また、隣の家に？

「ぐ……」

思考にかかったノイズが大きくなっていって、士道は苦しげにうめいた。……どうしても、思い出せない。何か重要なことがある気がするのだが、どうしてもそれ以上は記憶が探《さぐ》れなかった。

と——

『おのれ、言わせておけば！　もう容赦《ようしゃ》せんぞ！』

そんな十香の叫《さけ》びが響《ひび》いたかと思うと、次いで何やら、みし、という音が聞こえ、壁にヒビが入った。

「え？」

そして士道が目を見開き、そう言った瞬間《しゅんかん》、そのヒビはどんどん広がっていき——ついには、盛大《せいだい》に破片《はへん》を散らしながら、古めかしい壁に大きな穴があいた。

「な……っ」

穴の向こうには、右手を拳《こぶし》の形にしてこちらに突《つ》き出した十香の姿が見受けられた。どうやら十香が壁を殴《なぐ》りつけ、崩落《ほうらく》させてしまったらしい。

それも大変な出来事ではある。恐《おそ》らく何らかの原因で十香の精神状態が乱れ、霊力が逆流してしまったのだろう。

だが今の士道にとっては、それすら些細《ささい》な問題に過ぎなかった。

理由は単純。当然といえば当然のことだったが、壁の向こうは女湯で、十香たちは士道と同じく入浴中であったわけだから——皆、その身に何も纏《まと》っていなかったのだ。

「うひあッ⁉」

「なっ、シドー⁉　なぜこんなところに！」

慌《あわ》てた様子で身を竦《すく》ませ、両腕《りょううで》で健康的な肢体《したい》を覆《おお》い隠《かく》すようにしながら十香が叫んでくる。その後方には、同じく一糸纏わぬ姿の凜祢や琴里、四糸乃の姿があった。

一瞬のうちに混浴状態である。士道はどうしたらいいのかわからず、あわあわと辺りを見回した。

と、そうしていると、男湯と女湯の間にできた大穴からすすすっと人影《ひとかげ》が越境《えっきょう》してきて、士道の背にぴたっと張り付いた。——折紙だ。

「おッ、折紙⁉」

「夜刀神十香に襲われている。気を付けて。あれは恐ろしい女」

「きッ、貴様！　何をしているのだ！」

だが、そんな行動を十香が許すはずがなかった。胸元《むなもと》と下腹を手で覆い隠しながら、十香が叫びを上げてくる。

「獰猛《どうもう》な精霊から逃《のが》れるための緊急避難《きんきゅうひなん》。これは不可抗力《ふかこうりょく》」

「誰《だれ》が獰猛だっ！　そもそも貴様が——」

「士道。助けて」

言うほどに切迫《せっぱく》した様子のない淡々《たんたん》とした声で言いながら、折紙がさらにぐっと身を寄せてくる。背に柔《やわ》らかいものが触《ふ》れ、士道は思わず顔を赤くした。

「ひ、ひゃっ！」

「鳶一折紙、貴様……ッ！」

十香が歯を食いしばり、足を踏み出してくる。

だが、両手で身体《からだ》を覆い隠すという不自然な体勢で、不安定な足場の上を歩いたからだろうか、士道に至る寸前で盛大に足を滑《すべ》らせ、そのまま士道の方に倒《たお》れ込んできた。

「わっ、わわっ！」

「……ッ!?」

その際、慌ててバランスを取ろうとしてか、十香が手をジタバタさせたものだから、士道の目に、一瞬ではあるが、しっかとその美しい身体が映り込んだ。

──もっとも、およそ二秒後には、頭部を十香の頭と湯船の底にサンドイッチされた士道は、その光景をあまり覚えていなかったのだが。

◇

ひんやりとした空気が、湯上がりの火照《ほて》った身体の表面を撫《な》でていく。

あのあとどうにか事態を収め（といっても、士道は気を失ってしまっていたのであまり覚えていないのだが）、士道たちは銭湯から帰路についていた。

「シドー……すまん」

背後から、十香のすまなそうな声が聞こえてくる。どうやら、まだあのことを気にしているらしい。士道は苦笑《くしょう》しながらひらひらと手を振《ふ》った。

「あんまり気にしすぎるなよ。挑発《ちょうはつ》した折紙だって悪かったんだし」

「う、うむ……」

言って、十香が小さくうなずく。

銭湯の修繕《しゅうぜん》は、〈ラタトスク〉が責任を持ってやってくれるということである。おばあちゃんは大層驚《おどろ》いていたようだったが、まあ古くなってたしねぇ、と勝手に納得《なっとく》してくれたので大いに助かった。

ちなみに今、夜道を歩いているのは、士道、十香、凜祢、琴里、四糸乃の五人だった。折紙は帰り道が違うということで、銭湯の前で別れたのだ。まあ、正確に言うと士道の家までついてこようとしていたところを、凜祢が説得したのではあるが。

やがて五河家の前まで差し掛《か》かり、凜祢が隣の家へと足を向ける。

「じゃあ、また明日《あした》ね、士道」

「おう。今日はありがとな」

「ううん、こっちこそ。久々の銭湯、楽しかったよ」

「はは……そうだな。また機会があったらみんなで行ってみるか」

と、何とはなしに士道が言うと、凜祢はふっと口元を弛《ゆる》ませた。

「うん——そうだね。今度も、きっと、行こうね」

「……？」

その言葉に、士道は小さく首を傾《かし》げた。何だか少し言い回しが奇妙《きみょう》な気がしたのだ。

だが、士道がその疑問を口にするより早く、凜祢は自分の家に歩いていってしまった。

「ま……いいか」

どうせ明日また学校で会うだろう。そのときにでも訊《き》けばいい。

士道はそう判断して、十香たちと一緒に家に戻《もど》っていった。

DATE A LIVE MATERIAL

デート・ア・ノベル

DATE A NOVEL

精霊
カンファレンス

Conference SPIRIT

TE A NOV

「『デート・ア・ライブ』ヒロイン調査を行いますわー！」

茫洋《ぼうよう》と広がる影《かげ》の中。時崎狂三《ときさきくるみ》が、高らかにそう宣言した。

漆黒《しっこく》の髪《かみ》に白磁の肌《はだ》、そして時計のように時を刻む左目という、一目見たなら決して忘れ得ないような特徴《とくちょう》を有した少女である。今はいつものような霊装《れいそう》やドレスではなく、キャリアウーマン然としたスーツに身を包み、縁《ふち》の細い眼鏡をかけている。

「……むう」

そんな狂三に、十香《とおか》は怪訝《けげん》そうな視線を向けた。

否《いな》、十香だけではない。十香と同じくここに集められた面々は、皆《みな》同じような顔をしていた。

左から順に、十香、四糸乃《よしの》、琴里《ことり》、耶倶矢《かぐや》、夕弦《ゆづる》、美九《みく》、七罪《なつみ》、そして折紙《おりがみ》。その全員が、馬蹄形《ばていけい》のテーブルに着き、ジッと狂三を見つめている。

しかし、それも当然だ。普通《ふつう》に道を歩いていたら『影』の中に落とされ、突然《とつぜん》そんなことを言われて、ニコニコしていられるような者はそういるまい。

「……ヒロイン調査？　何なのよそれは」

沈黙《ちんもく》を裂《さ》いたのは琴里だった。苛立《いらだ》たしげに腕組《うでぐ》みしながら、口にくわえていたチュッパチャプスの棒を小刻みに上下させる。

その問いは、琴里以外の面々の頭の中にも浮《う》かんでいたことだった。同調するように、耶倶矢と夕弦が首肯《しゅこう》する。

「そうだ。説明をせぬか説明を。我らをわざわざこのようなところに呼び寄せて、つまらぬ用事ではあるまいな」

「同意。そもそも『デート・ア・ライブ』とは」

「そこは説明が長くなりそうなので割愛《かつあい》しますわ」

夕弦の言葉に、狂三が「しいっ」と指を一本立てる。……正直そこが一番気になるところだったのだが、なぜだか深く聞いてはいけない気がした。

「で、それって具体的に何をするんですかー？」

美九が小さく手を挙げながら問う。すると狂三が、かけていた眼鏡の位置をクイと直しながら口を開いた。

「読んで字の通り、ですわ。『デート』はもう一一巻。短編集まで含《ふく》めると実に一四冊。士道《しどう》さんの周りには精霊さんが日増しに増えるばかり……。少々、ヒロインが多すぎるとは思いませんこと？」

どこか芝居《しばい》がかった調子で、狂三がすらすらと文言を並べ立てる。

「このままでは士道さんも大変。我々も一人当たりの出番が減るばかり。今回のように一度にたくさんのキャラクターが登場するときは、外見描写《びょうしゃ》さえ省略される始末……」

「……最後のがよくわかんないんだけど……」

端《はし》の席に座っていた七罪が半眼で言うも、狂三は聞いていないようだった。オーバーリアクション気味に手振《てぶ》りを交えながら、あとを続ける。

「──今日集まっていただいたのは他《ほか》でもありませんわ。今日は、皆さんが本当にヒロインに相応《ふさわ》しいかを調査し、人員整理をさせていただこうと思っておりますの！」

『な……!?』

狂三の宣言に、精霊たちは一斉《いっせい》に息を詰《つ》まらせた。

そんな反応を楽しむかのように、狂三がくすくすと笑う。

「ああ、もちろん調査の結果ヒロインと認められれば、今まで通りシリーズに登場していただいて構いませんので、ご安心くださいまし」

「ちょっと待ちなさいよ。何勝手なこと言ってるの！」

狂三の言葉に、琴里がテーブルを叩《たた》きながら立ち上がった。

しかしそれも当然である。ヒロインと認められれば……ということは、万一ヒロインと認められなかった場合は、今までのように士道の側《そば》にいられなくなるということだ。

「ふざけるんじゃないわよ、なんであなたにそんなこと決められなきゃならないの！　一体何の権限があってそんな——」

しかし、狂三は不敵に笑うと、クリップボードにペンを走らせるようなジェスチャーをしてみせた。

「あらあら、いけませんわよ、琴里さん。調査員への反抗的《はんこう》な態度は減点対象ですわ」

「な……っ⁉」

琴里は肩《かた》を揺《ゆ》らすと、頬《ほお》に汗《あせ》を垂らした。だがそれも無理からぬことだろう。今の狂三には、いつもの彼女とはまた違った凄《すご》みというか、有無《うむ》を言わせぬ威圧感《いあつかん》があったのである。

「こ、琴里さん……」

琴里の隣《となり》に座っていた四糸乃が、微《かす》かに震《ふる》えた声で言う。琴里は悔《くや》しげに歯をぎりと噛《か》みしめた。

「……くっ、わかったわよ。でも、調査内容への異議申し立ては正当な権利として認めてもらうわよ」

「ええ、もちろんですわ」

「ふん……！」

琴里が苛立たしげに鼻を鳴らし、ぼすん、と椅子《いす》に座り直す。

狂三は満足げにうなずくと、手にしていた書類を一枚捲《めく》った。

「さて……では早速《さっそく》始めましょう」

そして——調査員・狂三による、恐怖《きょうふ》のヒロイン調査が幕を開けた。


「最初は——十香さんですわ」

「む……私からか」

十香は微かな緊張《きんちょう》に顔を強《こわ》ばらせながら狂三に視線をやった。すると狂三が、面白《おもしろ》がるように笑《え》みを浮かべてくる。

「うふふ、そんなに構えなくても大丈夫《だいじょうぶ》ですわよ。別に取って食べようというわけではございませんわ。もっとリラックスしてくださいまし」

言いながら、狂三が書類に視線を落とし、眼鏡をクイと上げる。

「——ふむ、十香さんは『デート』1巻から登場しているだけあって、正統派ヒロインといった印象が強いですわね。挫《くじ》けそうになった士道さんを支えたり、7巻では囚《とら》われのお姫様《ひめさま》まで演じるという隙《すき》のなさ」

「む……？　褒《ほ》められているのか？」

「ええ、素晴《すば》らしいですわ。さすがは『デート』の表紙やキービジュアルを多数飾《かざ》っているだけのことはありますわね」

「そ、そうか？」

意外ではあったが、褒められて悪い気はしない。十香は思わず頬を赤らめた。

「──ですけれど」

だが、狂三がそこで終わるわけはなかった。笑顔を崩《くず》さぬまま、にこやかにあとを続けてくる。

「やはり十香さんのヒロイン適性を見るに当たって避《さ》けて通れないのは、『十香さん食べ過ぎ問題』ですわね」

「た、食べ過ぎ？」

「ええ。十香さん、あなた少々、ご飯を食べ過ぎなのではありませんこと？　戦隊ヒーローで言うのなら、初期イエローのポジションですわよ。これは金銭的にも体力的にも、間《ま》違《ちが》いなく士道さんの負担になっていますわ」

「そんな……！」

まさか、自分の食事が士道の負担になっていただなんて。十香は悲愴《ひそう》な表情をして肩を震わせた。

「だが、シドーはいっぱい食べる私が好きだと言ってくれたぞ？」

「ええ、確かにそれはその通りでしょう。ですが、それにより十香さんの登場シーンのうち数割が食事に割《さ》かれてしまっていることは見過ごせませんわ。この出版不況《ふきょう》の昨今、ヒロインたる者、ご飯を食べるよりサービスシーンの一つも差し挟《はさ》んでいただきませんと」

「む、むう……」

十香は頰にひとすじ汗を垂らして唸《うな》った。狂三の言うサービスとやらがどんなものなのかは、今ひとつよくわからなかったが、それがヒロインにとって極《きわ》めて重要なものであるということはなんとなく知れたのだ。

「では、一体どうすればよいのだ？」

「そうですわねえ……せめて、ご飯を食べるシーンを色っぽくしていただくとか」

「色っぽく？」

「ええ、たとえば……」

言って、狂三がパチンと指を鳴らす。すると、影の中からもう一人『狂三』が現れ、スーツの狂三にアイスキャンディを手渡《てわた》して再び影に消えていった。——狂三が天使〈刻々帝《ザフキエル》〉の能力で作り出した分身体である。

「これを、こう……」

狂三が分身体から受け取ったアイスキャンディを掲《かか》げながら、唇《くちびる》から舌先を覗《のぞ》かせる。

そして、とろんとした眼差《まなざ》しを作りながら、それを下から上にゆっくりと舐《な》め上げた。頂点まで達した狂三の舌がアイスキャンディから離《はな》されると同時、溶《と》けたアイスキャンディと唾液《だえき》が混じり合った液体が、てらてらと光る線を引く。

『……っ』

そのあまりに淫蕩《いんとう》な様に、居並んだ精霊たちは一斉に息を呑《の》んだ。一人、「きゃー！」と嬌声《きようせい》を上げる者さえいた。美九だった。

「――という具合ですわ」

「ふむ……わかった、やってみるぞ！」

十香が大きくうなずくと、今度は十香の背後に狂三の分身体が現れ、アイスキャンディを手渡して消えていった。

「よし、見ていてくれ！」

十香は元気よく言うと、先ほどの狂三のように、アイスキャンディをペロペロ舐めた。

が。

「……あー」

「これは色っぽいっていうか……」

「指摘《してき》。犬っぽい……ですね」

そんな十香を見て皆《みな》が作った表情は、やけに苦笑《くしょう》じみたものだった。一人「きゃー！」と嬌声を上げた者はいた。美九だった。

「ふむ……やはり、十香さんには荷が重かったようですわね」

ふうという吐息《といき》とともに、狂三が半眼を作る。

その表情に不穏《ふおん》なものを感じ取ったのか、琴里が声を上げた。

「ちょ、ちょっと待ちなさいよ。今挙がったのは、十香の良さでもあるじゃない！　まさかそんな理由で十香をリストラするだなんて言わないでしょうね!?」

泡《あわ》を食った様子の琴里の言葉に、狂三はにこやかに笑った。

「いくらわたくしでも、それだけで十香さんをヒロインの資格なしだなんて申しませんわ。──ただ、多少の異動というか、配置換《はいちが》えはあってもよいと思いますけれど」

「配置換え……？」

十香が不思議そうに首を傾《かし》げると、狂三は「ええ」と首肯した。

「十香さんが、今よりもさらに輝《かがや》けるポジションをご提案させていただければと」

「む……それは一体どんなポジションなのだ？」

「そうですわねえ……」

十香の問いに、狂三はピンと指を立てた。

「これからは、『セントバーナードの十香ちゃん』として、士道さんのお側にいる……というのはいかがでしょう」

『…………ッ⁉』

狂三の提案に、精霊《せいれい》たちが顔を戦慄《せんりつ》の色に染めた。

が、当の十香は今ひとつ意味がわからなかった。首を傾げながら、狂三に聞き返す。

「せんとばーなーど……なんだそれは？　なんだか凄そうな名前だな」

「ええ！　とっても可愛《かわい》くて、パワフルですわ」

「ふむ……それになれば、シドーと一緒《いっしょ》にいられるのか？」

「もちろんですわ。むしろ、今よりも一緒にいられる時間は増えるかもしれませんわよ。それに、これならばご飯をいっぱい食べてもオーケーですわ」

「なんと……！　いいことずくめではないか！」

十香は目をキラキラさせながら立ち上がった。が、なぜかそんな十香に、四糸乃や琴里が心配そうな視線を向けてくる。

「あ、あの、十香さん……」

「あのね十香、セントバーナードっていうのは――」

「さあ、では十香さんは解決！　次の方に参りますわー！」

琴里の言葉をかき消すように、狂三が高らかに声を上げた。

「さ、では次は……四糸乃さんに参りましょう」

「……っ！」

狂三に名を呼ばれ、四糸乃がビクッと肩《かた》を震わせた。それとは対照的に、左手に装着されたウサギのパペット『よしのん』が軽快に手を動かしながら口をパクパクさせる。

『やーん、お手柔《てやわ》らかにお願いね～』

「うふふ、どうしましょうかしら」

コミカルな調子で言う『よしのん』に、狂三がおどけた様子で返す。意外と、この二人は相性《あいしょう》が悪くないのかもしれなかった。

「さて、四糸乃さんは十香さんに次いで登場の早い精霊さんですわね。――まあ、琴里さんや折紙さんという例外はおられますけれど。非常に心の優《やさ》しい精霊として知られ、士道さんをして『俺のオアシス』とまで言われているとか」

「あ、あの……」

四糸乃が、かぁっと頬《ほお》を赤くしながら肩をすぼませる。とはいえそれは、嫌《いや》がっているというよりも、恥《は》ずかしくてたまらないといった様子に見えた。

「さらに、特筆すべきはその不可思議な色香《いろか》ですわね。十香さんよりも明らかに年若いというのに、要所でポイントを押さえているのは素晴らしいですわ。十香さん、折紙さんを交えた水着対決で勝利を攫《さら》った手管といい、『アンコール』収録の短編で、雨に濡《ぬ》れた浴衣《ゆかた》を捲り上げてお尻《しり》ペンペンといい……あれはさすがのわたくしもやられたと思いましたわ。四糸乃さん……恐《おそ》ろしい子」

「う、ぅぅ……」

四糸乃が頬をさらに真っ赤にし、顔をうつむかせてしまう。

「む？　呼んだか？」

ちなみに、名前を出された十香は、先ほど狂三の分身体に貰《もら》ったアイスキャンディを、練習も兼《か》ねてペロペロ舐めていた。だが、狂三の分身体に首輪なぞつけられていたものだから、犬っぽさがさらに増していた。

なんでもないよー、というように、四糸乃の左手の『よしのん』がひらひらと手を振《ふ》ってから、狂三の方を向く。

『んもー、狂三ちゃんたらぁ。四糸乃を褒《ほ》めてくれるのは嬉《うれ》しいけど、あんまりいじめちゃ駄目《だめ》だよー？』

と、『よしのん』がそう言った瞬間《しゅんかん》、狂三がビッと『よしのん』を指さした。

「それですわ」

『えっ？』

『よしのん』が、動かないはずの顔のパーツで、器用に表情を作る。

「四糸乃さんの欠点、それは、凄《すさ》まじいポテンシャルを持ちながら、それをアピールする機会を逃《のが》していることにありますわ」

「……っ、そ、それは……」

『うーん、でもさぁ狂三ちゃん、あんまりアピールし過ぎも嫌《きら》われない？　よしのん的には、四糸乃は今くらいのバランスがちょうどいいと思うんだけどー』

「確かにそれも一理ありますわ。時代が移り変わったとはいえ、殿方《とのがた》は奥ゆかしい乙女《おとめ》に胸ときめくもの……その点でも、四糸乃さんは素晴らしいものを持っていると言えますわ。先行き恐ろしい魔性《ましょう》の女ですわ」

『きゃー！　狂三ちゃんたらわかってるぅ！』

両手をコミカルに動かし、『よしのん』が言う。

だが狂三は間髪《かんはつ》入れず、「ですが」と言葉を付け足した。

「よく考えてみてくださいまし。もしこのお話の媒体《ばいたい》が漫画《まんが》であれば、その理論も成り立ったでしょう。誰《だれ》かが会話を交《か》わしている側《そば》にいるだけで、読者の皆さんに可愛らしさをお届けすることができますわ。しかし、『デート・ア・ライブ』は小説。自ら会話に入っていかねば、その姿は描写《びょうしゃ》すらされないのですわ！」

『な、なんだってー⁉』

あまりにメタな会話であったが、『よしのん』は素直に驚《おどろ》いた様子で両手を上げた。

「四糸乃さんに必要なのは、『奥ゆかしさのアピール』という、一見相反する要素の両立なのですわ！　それなくして、この群雄割拠《ぐんゆうかっきょ》のヒロイン時代を生き抜《ぬ》いていくことはできませんわ！」

「あ、あうぅ……」

狂三の高らかな宣言に、四糸乃は怯《おび》えたように目を潤《うる》ませながら全身を小刻みに震《ふる》わせた。

それを見てか、狂三がふうと息を吐《は》く。

「──とはいえ、先ほども申しました通り、四糸乃さんのもつ潜在《せんざい》能力はかなりのもの。それを捨ててしまうのはあまりに惜《お》しいですわ。それに、大人しいのは裏を返せば聞き上手でもあるということ。アクの強い登場人物たちに疲《つか》れた士道さんの心を癒《い》やす役割も、確かに必要でしょう。──そこで」

言って、狂三が指を一本立てる。

「四糸乃さんには、スナック『オアシス』の四糸乃ママになっていただき、士道さんの愚《ぐ》痴《ち》を聞いていただくという方針で」

「……四糸乃ママ⁉」

裏返った声を上げたのは七罪だった。その語感に何か思うところでもあったのか、頰にたらりと汗《あせ》を垂らす。

『ちょーっと待ってよ狂三ちゃーん。士道くんまだ未成年だし、スナックなんて作中に出せないじゃなーい』

「そうでもありませんわよ。あるではありませんの。必ず毎巻枠《わく》が用意され、なおかつ、本編の設定に縛《しば》られない自由な場所が」

「あ、あの、それって……」

四糸乃が、不安げに視線を上げる。すると狂三は、にこっと満面の笑《え》みを作った。

「ええ。あとがきですわ」

『あとがきッ⁉』

皆の声が、影《かげ》の中にこだました。

「さて……では次は琴里さんに移らせていただきますわ」

狂三が、書類を捲《めく》りながら琴里に視線を送る。すると琴里は、受けて立つと言わんばかりに胸を反らしてみせた。

「ふん、望むところよ。むしろ、私にヒロインとしての落ち度があるなら言ってほしいものね。このツインテール！　ニーソックス！　そして義妹《ぎまい》という最強のポジション！　ケチをつけられるものならつけてみなさいッ！」

琴里が高らかに宣言するように言う。その自信に溢《あふ》れた様子に、十香たちは思わず『おー』と拍手《はくしゅ》をしてしまった。

「すごい……です」

『うんうん、さすがだねー』

四糸乃が羨望《せんぼう》すら交じった眼差《まなざ》しで琴里を見、『よしのん』が腕組《うでぐ》みしながらうんうんとうなずく。ちなみに今四糸乃は和服を、『よしのん』はバーテンダーのような服を着せられていたので、そこだけ夜のお店感が漂《ただよ》っていた。

「ふむ……確かに過剰《かじょう》なまでのヒロインポイントですわね。その上リボンチェンジによる素直《すなお》な妹と強気な司令官の使い分けと、少し属性を盛りすぎなレベルですわ」

「う、うるさいわね。足りないよりはいいじゃない」

「まあ、それはそうですけれど……で、琴里さん。白と黒、どちらが素なんですの？」

「へ？」

狂三の問いに、琴里が目を丸くする。

「いや……別にどっちがとかないわよ。どっちも私だし」

「ふむ、では訊《き》き方を変えてみましょう。白、黒以外の色のリボンを付けたら一体どうなるんですの？」

「そ、そんなこと——」

「とうっ」

と、そこで狂三の分身体が琴里の背後に現れたかと思うと、目にも留まらぬ速さで、リボンを青色に付け替《か》えていった。

「突然《とつぜん》何をするんですか、非常識ですね」

すると、琴里が急に目をキリッとさせ、かけていない眼鏡の位置を直すような仕草をしながらそう言った。

「まあっ、クールキャラに！　では……」

狂三がパチンと指を鳴らすと、今度は分身体が、リボンを黄色に替えていった。

「狂三ちゃんてー、なんていうかフォンダンショコラさんだよねー。ふふ、甘くてちょっぴり苦いのー」

「まあっ、不思議ちゃんに！　では……」

狂三の合図で、今度はリボンがピンクに替えられる。

「やぁ……おにぃちゃん……琴里、もう我慢《がまん》できないのぉ……って、何やらせんのよこらぁぁぁぁッ！」

琴里が、狂三の分身体の首根っこを摑《つか》み、黒リボンを取り返したのち、叫《さけ》ぶ。その様子を見て狂三がからからと笑った。

「うふふ、ノリのいい方は嫌いではありませんわよ。やはり、ヒロインポイントは十分ですわね」

「……ったく」

黒リボンに戻《もど》った琴里が、やれやれと吐息《といき》する。

だが、狂三は小さく唸《うな》りながら書類に視線を落とすと、肩をすくめながら呟《つぶや》いた。

「でも、琴里さん。残念ですけれど……琴里さん自慢《じまん》の『最強のポジション』が問題ですわね」

「は……はぁっ⁉」

まさかそんなことを言われるとは予想外だったのだろう。琴里が目を見開く。

「ど、どういうことよ！　義妹といえば、ヒロインには必要不可欠な面子《メンツ》じゃないの！　兄妹《きょうだい》なんだけど、血が繋《つな》がっていない！　血が繋がっていないけど、兄妹！　この背徳感がたまらないんじゃないの！　長年受け継《つ》がれてきた鉄板属性よ⁉　それを——」

「東京都青少年健全育成条例というものがございまして」

「は……ッ⁉」

狂三の発した単語に、琴里はビクッと身体《からだ》を震わせた。

「ご存じのこととは思いますけれど、彼《か》の条例は特に近親者同士の関係を厳しく規制しておりますわ。ですので、士道さんの妹君でいらっしゃられる琴里さんは、そもそもヒロインの土俵に上がってはいけないということに……」

「ちょ、ちょっと待ちなさいよ！　だから、義理だって言ってるでしょ⁉　法律上結婚《けっこん》だってできるのよ⁉　その条例だって、婚姻《こんいん》が許されない近親者同士の行為《こうい》描写がアウトなだけのはずよ！」

「あら、詳《くわ》しいんですのね。もしかしてお調べになりましたの？」

「…………ッ‼」

狂三の言葉に、琴里が頬《ほお》をカァッと赤くする。

だが、琴里はすぐ思い直すように咳払《せきばら》いをすると、テーブルをバン！　と叩《たた》いて声を上げた。

「と、とにかく、異議を申し立てるわ！　妹ってだけでヒロインの資格なしだなんて認めないんだから！」

「そう申されましても。今はデリケートな時期ですわ。作中に火種を残したままにしておくのは、琴里さんとしても本意ではないのでは？」

「それは……」

「とにかく、琴里さんには選んでいただかねばなりませんわ。士道さんの妹というポジションを取るのか、ヒロインとしての自分を取るのか」

「う、ぐ、ぐぅぅぅ……ッ！」

琴里が苦しげに唸り、顔を俯《うつむ》かせてがしがしと髪《かみ》を掻《か》き毟《むし》る。

だが、しばしの沈黙《ちんもく》のあと、琴里は顔を上げた。

「……っざけんじゃないわよ」

「はい？」

狂三があごに指を当てながら首を傾《かし》げる。すると、琴里がダン！　とテーブルに拳《こぶし》を打ち付けた。

「勝手に決めてんじゃないわよ！　妹かヒロインかどちらかを選べ……？　ふざけるな。私は五河《いつか》琴里。おにーちゃんの妹であり、ヒロインよ！　文句のある奴《やつ》は全員灰にしてあげるわッ！」

叫び、琴里がお昼時には放送できないようなハンドサインを作って狂三を睨《にら》み付ける。

狂三は数瞬《すうしゆん》惚《ほう》けたように目を丸くしていたが、すぐに口元を緩《ゆる》めると、ぱちぱちと拍手をし始めた。

「素晴らしいですわ」

「は……？」

意外に過ぎる言葉に、琴里が意気をそがれたように眉《まゆ》をひそめる。すると狂三が琴里にゆっくりと歩み寄り、その手を握《にぎ》った。

「よく言ってくださいました。それでこそ琴里さんですわ。もしもわたくしの言うとおり、妹かヒロインのどちらかを選んでいたのなら、わたくしは琴里さんに幻滅《げんめつ》してしまっていたでしょう」

狂三が、感極《きわ》まったように熱っぽく続ける。

「しかし、琴里さんはそうはしなかった。妹でありながらヒロインを貫《つらぬ》くと、力強く宣言してみせた。その気高《けだか》い決意に、賛辞を」

「狂三……」

琴里は、小さな声で狂三の名を呼んだ。怒気《どき》に染まっていた顔から、険しさが抜《ぬ》けていく。

だが。

「――ということで、琴里さんには都政に打って出ていただき、史上初の女性都知事を目指していただくという方針で」

「よし！　任せ――って……はぁッ!?」

狂三がこともなげに言った言葉に、琴里は再び声を荒《あら》らげた。

「ちょ、ちょっと！　何さらっと言ってるのよ！　どうしてそうなるの!?」

「仕方がないではありませんの。琴里さんは士道さんの妹でいたい。でもヒロインでもありたい。その相反する二つを両立させるためには、ルールそのものを変えねばなりませんわ」

「だからって、発想が飛躍《ひやく》しすぎでしょ！　だいいち、都道府県知事に立候補できるのは満三〇歳からで――」

「わたくしたち一同、琴里さんのご当選を心よりお祈《いの》り申し上げておりますわー」

「話を聞きなさぁぁぁぁぁぁいッ!!」

琴里は悲鳴じみた叫びを上げたが、狂三はもう聞いていなかった。


「では次は、耶倶矢さんと夕弦さんに移らせていただきますわ」

未《いま》だがなり立てる琴里を無視して、狂三が隣《とな》り合って座った八舞《やまい》姉妹《しまい》に視線を向ける。

すると耶倶矢がふふんと不敵に微笑《ほほえ》み、悠然《ゆうぜん》と構えてみせた。

「我らの番か。くく……颶風《ぐふう》の御子《みこ》たる我ら八舞を試《ため》そうとは、天に唾《つば》するに等しき愚行《ぐこう》よ。その蛮勇《ばんゆう》が、己《おの》が身を焦《こ》がさぬことを祈るのだな」

「耶倶矢さんはとりあえず、その言い回しが面倒《めんどう》くさいですわ」

「め、面倒くさいだと⁉」

初手からばっさりと切り捨てられ、耶倶矢が素《す》っ頓狂《とんきょう》な声を上げる。

「く、くく……何を言うかと思ってみれば。この我の——」

「だから、無理しなくていいですわよ。一人称《いちにんしょう》や難しい漢字で差別化を図《はか》っているようですけれど、古風なしゃべり方は十香さんで間に合っていますし」

「ちょっと私のときだけなんか辛辣《しんらつ》じゃない!?　他のみんなのときはとりあえず褒《ほ》めてたじゃん！」

たまらずといった様子で耶倶矢が叫びを上げる。

「ほら、普通《ふつう》にしゃべれるではありませんの。なぜわざわざもったいぶったような言い回しをするんですの？」

「べ、別にいいじゃない！」

まさかそこを掘《ほ》り下げられるとは思っていなかったのか、耶倶矢が頬を赤く染めながら叫ぶ。

すると狂三は、顔からふっと笑みを消し、真剣《しんけん》な表情を作った。

「いいですか、耶倶矢さん。人は成長すると同時に様々な言葉や事象を覚えていきますわ。その過程でいっとき、難しい言葉を使うのが格好いいと錯覚《さっかく》したり、自分は周りの皆《みな》とは違《ちが》う特別な存在なのだと、おかしな行動を取ってしまうことがありますの。でも、冷静になってくださいまし。数年後、今のご自分を思い出して恥《は》ずかしい思いをするのは、耶倶矢さん自身なのですわよ」

狂三が静かに、しかし有無《うむ》を言わせぬ調子で耶倶矢に詰《つ》め寄る。そのあまりに真面目《まじめ》な様子に、耶倶矢は一歩後ずさった。

「な、何よう……まるで自分でも経験したことがあるみたいに……」

「そんなことはありませんわ。ありえませんわ。あくまで一般論《いっぱんろん》を語っただけですわ」

なぜか抑揚《よくよう》なく狂三が言う。耶倶矢は頬にひとすじ汗《あせ》を垂らした。

と、そんな二人のやりとりを見てか、耶倶矢の隣《となり》に座っていた夕弦が面白《おもしろ》そうに息を漏《も》らす。

「微笑《びしょう》。耶倶矢がやり込められています。プークスクス」

「！ ゆ、夕弦！ あんたねえ……」

耶倶矢が唇《くちびる》を尖《とが》らせる。と、狂三が何かを思い出したように、眉をぴくりと動かした。

「あ、夕弦さん。夕弦さんも台詞《せりふ》面で一つ、あるのですけれど」

「疑問。なんでしょうか」

「その台詞の前につく二字熟語、何なんですの？」

「説明。それは……癖《くせ》のようなものです」

夕弦が言うと、狂三は難しげな顔をしてあごに手を当てた。

「ふむ……なるほど。夕弦さんに関しては、前々から少し気にかかっていることがございまして」

「質問。気になっていることとは」

「耶倶矢さんの大仰《おおぎょう》な話し方は演技ですわ。事実、素が出た際は普通のしゃべり方になられますし」

「え、演技じゃないし！　迸《ほとばし》る私の威容《いよう》が漏れ出てるだけだし！」

耶倶矢が抗議《こうぎ》するように叫《さけ》ぶ。少なくとも、その言葉から威容は感じられなかった。狂三が華麗《かれい》にスルーして言葉を続ける。

「ですが、夕弦さんはどんな状況《じょうきょう》に陥《おちい》ろうとも、台詞の前には熟語をつけておられます。八舞姉妹といえば、基本的に中二病な耶倶矢さんとローテンションな夕弦さんというバランスと思われておりますけれど、中二病の病巣《びょうそう》が根深いのは、もしかしたら夕弦さんの方なのではありませんの？　耶倶矢さんが養殖《ようしょく》だとするなら、夕弦さんは天然というか」

「否定。そんなことは……」

「それに、そもそもの問題として、お二人のしゃべり方は考えるのが少々面倒なのですわ。時間もかかりますし、誌面を無駄《むだ》に圧迫《あっぱく》してしまいますし。しかも、それが二人で倍。回転を加えることによってさらに倍ですわ」

「か、考えるのが面倒って……別に私たちがしゃべってるだけなんだから、関係ないでしょ？　ていうか回転って何……？」

耶倶矢が頬に汗を垂らしながら眉をひそめる。

「耶倶矢さんは上《うわ》っ面《つら》だけだからまだしも」

「う、上っ面とか言うなし！」

「夕弦さんの場合は、台詞のたびに熟語がつくため、このままではいずれ破綻《はたん》してしまう可能性がありますわ」

「〇〇。何を言っているのかわかりま——はっ」

言いかけた夕弦が、息を詰まらせる。

「〇〇。なんですか、この『〇〇』というのは」

「ゆ、夕弦、何かさっきから、放送禁止用語言ってるみたいに聞こえるんだけど……」

困惑《こんわく》した様子で、耶倶矢が言う。すると狂三が、中指で眼鏡のブリッジを押し上げた。

「お気づきになられましたか。——それは、『締切《しめきり》が近いときの初稿版《しょこうばん》』ですわ」

「〇〇。意味がわかりません」

「その名の通りですわ。夕弦さんの熟語は考えるのが面倒なため、急いでいるときは仮で『〇〇』と入れてあるのですわ」

狂三の言葉に、夕弦の頬に汗が伝う。

「このように、ただでさえ面倒なしゃべり方のヒロインが二人、しかも掛《か》け合いが頻繁《ひんぱん》に行われる……これは非常に大きな負担となりますわ」

誰《だれ》の負担になるのかは言わなかったが、なぜかそこは深く訊《き》いてはいけないような気がした。

「緊張《きんちょう》。……では、どうしろと」

夕弦が深刻そうな顔で問う。熟語はもとに戻《もど》っていた。

「そうですわね、耶倶矢さんと夕弦さんは、合わせて一人になっていただくという方針で」

「異議あり！　調査員の提案は、対象者の人権を著《いちじる》しく侵害《しんがい》しているわ！」

と、ビッと手を挙げて叫んだのは琴里だった。知事選の候補者よろしく『いつか　ことり』と書かれたたすきをかけているのだが、その振《ふ》る舞《ま》いは知事というより弁護士のそれのようだった。

「同調。そうです。確かに夕弦たちは、もともと一人の八舞になるために戦っていました。ですが……」

「そうよ！　私たちは士道に救われて、二人で生きることに決めたんだから！　それを今さら、一人だけ生き残るだなんて――」

「落ち着いてくださいまし。何も、片方を犠牲《ぎせい》にしろだなんて言うつもりはございませんわ」

狂三が目を伏《ふ》せて首を振る。耶倶矢と夕弦は目を丸くした。

「え……？」

「疑念。では、どうするのですか」

「お二人には、右耶倶矢さん、左夕弦さんの、正義のヒーロー『ヤマイダー』になっていただくということで」

「ヤマイダー!?」

「戦慄《せんりつ》。身体《からだ》を半分にしたら死んでしまいます……！」

「大丈夫《だいじょうぶ》ですわ。そこは考えてありますので」

二人の驚愕《きょうがく》に満ちた声を無視し、狂三はにこりと微笑んだ。


「さあ、次は美九さんですわね」

「あ、私の番ですかー？」

狂三の言葉に、美九が間延びした声を響《ひび》かせる。今までの面々とは異なり、あまり緊張はしていないようだった。

「うふふ、落ち着いていらっしゃいますわね。さすが、年長者の余裕《よゆう》といったところですかしら」

「そういうわけでもないんですけどねー。まあ、皆《みな》さんより選ばれる場面っていうのに慣れてるところはあるかもしれませんけど」

言って、気楽そうに手をひらひらさせる。美九は今をときめくトップアイドルである。オーディションなどの場でこういった緊張感には慣れているのかもしれなかった。

「さて、美九さんの講評に移らせていただきますわ。精霊《せいれい》でありながら、絶大なる人気を誇《ほこ》るアイドル。そして、精霊の中でもっとも身長が高く、もっともバストが大きく、唯一《ゆいいつ》士道さんの上級生。しかも一人別の学校に所属しているという、他ヒロインとのバランスも考えられた優秀《ゆうしゅう》なキャラクターですわね。まさに痒《かゆ》いところに手が届くというところでしょうか。ポジショニングは完璧《かんぺき》ですわ」

「あはは、そんなに褒められると照れちゃいますよー」

美九が頬《ほお》を緩《ゆる》めながら後頭部に手をやる。

「──ですけれど」

だが。狂三はクリップボードに留められた書類を捲《めく》りながら、眉《まゆ》を動かした。

「一つ気になるのは、やはり、美九さんの性癖《せいへき》でしょうか。男嫌《おとこぎら》いという点に関しては克《こく》服《ふく》しつつあるようですし、何より士道さんは例外のようですからよしとしますけれど……

女の子好きの百合《ゆり》属性はなんとかなりませんの？」

「なりません」

キリッ。という擬音《ぎおん》が聞こえてきそうなくらいきっぱりと美九が言った。今までの間延びした調子が嘘《うそ》のようである。その清々《すがすが》しいまでの開き直りっぷりに、他の面々のみならず狂三でさえ額に汗を浮《う》かべていた。

「そうですの。でも、このままではヒロインというよりも、士道さんと女の子を奪《うば》い合うライバルのようになってしまいますわよ。ここ最近の巻の挿絵《さしえ》を見てくださいまし。美九さん、目を輝《かがや》かせている場面ばかりではありませんの」

狂三が言うと、美九は目を伏せ、「ちっちっち」と不敵に指を振った。

「どうやら、狂三さんは大きな勘違《かんちが》いをしているようですねー」

「勘違い……ですの？」

狂三が首を傾《かし》げる。美九は大仰にうなずくと、バッと両手を広げながらその場に立ち上がった。

「そう！　私は確かにかわいい女の子が大好きです！　でも、それがだーりんに敵対することになるとは微塵《みじん》も思っていません！　なぜなら！　だーりんもまた、私のヒロインだからですっ！」

グッと拳《こぶし》を握《にぎ》り、政治家が演説をぶつように高らかに宣言する美九。言っていることは滅茶苦茶《めちゃくちゃ》なのだが、なぜか妙《みょう》に説得力があった。琴里のときのように、一同からぱちぱちと拍手《はくしゅ》が漏れる。

「……なんか、あそこまで言い切られると気持ちいいわね」

「首肯《しゅこう》。ある意味男らしいです」

そう言う八舞姉妹は今、椅子《いす》から立って横並びになり、変身ポーズの練習をしているところだった。『ヤマイダー』は物理的に困難ということで、代案として狂三から何やらUSBメモリを二本装着できそうな変身ベルトを支給されていたのだが、それが二人の心に火をつけてしまったらしい。先ほどから「くく……さあ、おまえの罪を」「呼応。数えてください」と台詞まで練習していた。ちなみにその台詞が発されるたび、七罪が名前を呼ばれたと勘違いしてビクッとしていた。

「ありがとうございます！　ありがとうございます！」

街宣車から手を振るように、美九が皆に笑顔《えがお》を振りまく。

だがそんな中、一人ぽりぽりと頰をかく者がいた。――狂三だ。

「ええと……それですと、美九さんは必然的にヒロインではない、ということになってしまいますわね。なら、美九さんのポジションは今後――」

と、狂三が言いかけたところで、美九が言葉を遮《さえぎ》るようにバッと手を広げた。

「待ってください！」

「あら、あら」

美九の反応を受けてか、狂三が愉快《ゆかい》そうに唇《くちびる》を歪《ゆが》める。

「威勢《いせい》のいいことを仰《おっしゃ》られていたようですけれど、やはりヒロインのポジションが惜《お》しくなりましたの？　うふふ、責めはしませ――」

「私、ヒロイン枠《わく》から外れるならやりたいことがあるんです！　これってこっちからの提案でもいいんですよね!?」

「へ……っ？」

美九の言葉があまりに予想外だったのだろう。狂三が目を丸くする。

「私、だーりんを含《ふく》めた皆さんをプロデュースします！　私服のコーディネートから萌《も》えるシチュエーションまで、全部お任せくださいっ！」

「あの、美九さん」

「あ、もちろん詳細《しょうさい》な数値を知るために、きっちりばっちり採寸させていただきますからねぇ～！」

「だから、ちょっと、美九さん……」

「そして夜は皆さん専属の抱《だ》き枕《まくら》の中身として、ベッドのお供をさせていただきますっ！

ああっ！　完璧です！　楽園はここにあったんですね！　ここが私のユートピア！」

美九はひとしきり陶酔《とうすい》したように叫んだあと、ぐるん、と狂三に顔を向けた。

「と、いうわけで、どうですかっ、狂三さん！」

「へ？　ああ……ええと……」

美九に詰《つ》め寄られ、狂三は困惑したように頭をかいた。

「……では、それで」

「きゃー！　ありがとうございます、狂三さんっ！」

美九が感極《きわ》まったように狂三の手を取り、ブンブンと振る。狂三はなんだか疲《つか》れたように、されるがままになっていた。

「さ、さて……少々予定が狂《くる》いましたが、どんどん参りましょう。次は七罪さんですわ」

「…………ッ！」

狂三が名を呼ぶと、七罪がビクッと肩《かた》を震《ふる》わせた。

眉をひそめ、やぶにらみにも近い眼差《まなざ》しで狂三を見つめながら（目を合わせるのは怖《こわ》いのか、視線は狂三の首元あたりをうろうろしていたが)、怨嗟《えんさ》か呪《のろ》いの言葉を吐《は》くようにぶつぶつと呟《つぶや》き始める。

「つ、ついに来たわね……ふ、ふん……知ってるんだから。知ってるんだから。ヒロイン人員整理だなんて、どうせ私をリストラするための方便なんでしょ⁉ こんな回りくどいことまでして……私が邪魔《じゃま》なら邪魔ってはっきり言えばいいじゃない! なんでみんなを巻き込むのよ!」

「あの、七罪さん?」

狂三がぽりぽりと頬をかくも、七罪の勢いは止まらなかった。息を荒《あら》くし、まくし立てるように続ける。

「ど、どんな理由で私をクビにするつもりよ! ゴワゴワぼさぼさの髪《かみ》がヒロインには相応《ふさわ》しくない⁉ 糞《くそ》チビやせっぽちの体型が見苦しい⁉ 真夏のドブ川に浸《つ》かり続けたみたいな体臭《たいしゅう》が耐《た》えがたい⁉ それとも――」

「な、七罪さん……」

ヒートアップする七罪を宥《なだ》めるように、四糸乃が言う。

「そうですわ、あまりご自分のことを卑下《ひげ》するものではありませんわよ。七罪さんには、いいところもたくさんありますわ」

「き、気休めはやめてよね！　今までのパターンでわかってるんだから！　最初に持ち上げるだけ持ち上げておいて、最後一気に叩《たた》き落とすんでしょ⁉　馬鹿《ばか》にしやがってェ！　馬鹿にしやがってェ！　十香がセントバーナードで四糸乃がスナックのママで琴里が都知事候補で耶倶矢と夕弦がヤマイダーで美九が裏方なら、一体私には何をさせる気⁉　便所掃除《そうじ》⁉　背景の木⁉　それとも——」

「だから、少し落ち着いてくださいまし」

狂三がため息交じりにパチンと指を鳴らすと、七罪の背後の影《かげ》から狂三の分身体が現れ、七罪の口元を押さえ込んだ。

「む、むぐっ！　ん！！　ん！！」

さほど力は入れていない様子だったが、それでも七罪の勢いを止めるには十分だった。

「あーん！　言ってくれればそれ私がやりますよぉー！」

なんて、なぜか羨《うらや》ましそうな声を上げたのは美九だった。ちなみに今彼女は、抱き枕のカバーにすっぽりと収まり、顔だけが露出《ろしゅつ》した状態になっている。彼女のファンが見たなら、思わず卒倒《そっとう》しそうな有様だった。まあ、本人は満足げだったが。

七罪はしばしの間モゴモゴと抵抗《ていこう》を試みていたが、すぐに諦《あきら》めたように大人しくなった。それを確認《かくにん》してから、分身体が再び影へと消える。

「だ、大丈夫ですか、七罪さん……」

「はー……はー……う、うん……」

心配そうに言う四糸乃に、七罪が返す。そんな様子を満足げに見ながら、狂三が言葉を続けた。

「では、続きを。——確かに七罪さんはご自身も仰るとおり、なかなか個性的な特徴《とくちょう》を多数有していらっしゃいます。ですが、短所と思っているポイントこそ、長所に転ずる可能性を秘《ひ》めているものですわよ？」

「そんな都合のいいこと言ったって私は騙《だま》され……」

「あら。実際、七罪さんは皆《みな》さんの手で変身を遂《と》げたのではありませんこと？」

「う……」

七罪が、テーブルに着いた皆の顔を見回しながら、言葉に詰まる。

「それは……そうかもしれないけど……でもそれは、みんなが頑張《がんば》った結果であって、私はあんまり関係ないし……」

「あらあら。皆さんが頑張る気になったのは、他《ほか》ならぬ七罪さんだからではありませんの？　ご自分に自信を持ってくださいまし。七罪さんのマイナスポイントは、第一にそのネガティブ思考ですわ。それさえ改善されれば、七罪さんはどこに出しても恥《は》ずかしくない立派なヒロインですわよ」

「う、う……」

「七罪さんを必要としていらっしゃる方は、たくさんいらっしゃいますわ。ここにいる皆さんはもちろん、士道さんも、他の方々も——そして、わたくしも」

狂三の言葉に、七罪は驚《おどろ》いたように目を見開いた。

「わ、わたくしもって……」

「冗談《じょうだん》は申しておりませんわ。わたくし、七罪さんのお力を必要としておりますのよ」

「狂三……」

「——と、いうわけで」

と、感動ムードが高まりきったところで、狂三がパン、と手を叩《たた》いた。

「七罪さんにはわたくしのアシスタントになっていただき、十香さんをセントバーナードに、耶倶矢さんと夕弦さんを左右合体ヤマイダーにしていただくという重要なお仕事を——」

『それが狙《ねら》いかぁぁぁぁぁぁぁぁッ‼』

いろんなものを台無しにする狂三の発言に、七罪を含む皆の叫《さけ》びが響《ひび》き渡《わた》った。

「――さて」

一通りの講評と調査発表を終え、狂三が捲《めく》っていた書類を閉じる。

ちなみに先ほど狂三のアシスタントに大抜擢《ばってき》された七罪は、テレビ局の小道具担当みたいな格好をして、手に箒《ほうき》型の天使〈贋造魔女《ハニエル》〉を持っていた。

「大体こんなところですわね。それではこれより、ヒロイン枠に残留する方と、残念ながら別ポジションに異動となる方を発表していこうと――」

「時崎狂三」

と、狂三が発表に移ろうとしたところで、テーブルの一番端《はし》に座っていた少女が声を上げた。肩口《かたぐち》をくすぐる髪に人形のような面《おもて》。――元AST隊員の鳶一《とびいち》折紙である。

狂三が、微妙《びみよう》な顔をしながらそちらに振《ふ》り向く。

「……あら、いかがなされましたの、折紙さん」

「まだ私の講評が終わっていない。発表に移るのはまだ早い」

「あー……」

折紙の言葉に、狂三は困ったように頰《ほお》をかいた。

「大変申し上げにくいのですが、折紙さん」

「なに」

「わたくしどもの調査の結果、そもそも折紙さんはヒロインではないのではないか……という意見が大半を占《し》めまして」

「……！」

折紙が、小さく目を見開く。

だが、そんな驚愕《きょうがく》の表情は長くは続かなかった。すぐに目を伏《ふ》せ、さもありなんといった顔になる。

「理解した。士道の伴侶《はんりょ》である私が、ヒロインではなく家族とカウントされてしまうのは仕方のないこと」

「いや、あの、折紙さん？」

「あなたの判断を責めることはしない。しかし、私はあえてヒロインというステージに戻《もど》る。なぜなら私は、結婚《けっこん》したあとも恋人《こいびと》のような夫婦《ふうふ》関係でいたいと思っているから」

「折紙……あなたねえ……」

頬に汗《あせ》を垂らしながら眉《まゆ》をひそめたのは、狂三ではなく琴里だった。あまりに自信満々に語らう折紙に、辟易《へきえき》しているような様子である。

だが折紙は、琴里や狂三の思案に気づいているのかいないのか、超然《ちょうぜん》とした態度を崩《くず》そうとしなかった。やがて狂三が諦めたように嘆息《たんそく》し、閉じていた書類を再び捲る。

「……一応、調査報告書は作成してありますわ。――まず第一に、折紙さん。士道さんに対するストーキング行為《こうい》が少々過激過ぎはしませんこと？　それを止《や》めていただかない限り、ヒロイン候補にもなれませんわよ」

「？」

狂三が言うと、折紙は不思議そうな顔をして首を傾《かし》げた。

「あなたが何を言っているのかわからない」

「と、とにかく、折紙さん。あなたには圧倒《あっとう》的にヒロイン力が足りないのですわ。自分を磨《みが》いて、出直してきてくださいまし」

狂三が、突《つ》き放すように言う。一応は折紙を傷つけまいとしていた様子の狂三だったが、当人があまりに挫《くじ》けないため、少々強い言葉を使わねばならないと判断したのだろう。

「…………」

すると折紙はしばし無言になったあと、すうっと息を吸い、吐いた。

そして。

「……あの、私、そんなに駄目《だめ》ですか？」

急に上目遣《うわめづか》いになりながら、そう言った。

『…………ッ!?』

瞬間《しゅんかん》、その場に居並んでいた皆に戦慄《せんりつ》が走る。

数秒前と何が変わったわけでもない。その場にいるのは鳶一折紙その人であるはずだ。

だが、その『人形のような』と形容される顔には明確な表情が生まれ、抑揚《よくよう》のなかった声音《こわね》にも、急に生命が注ぎ込まれたかのように鮮《あざ》やかな色が生まれていた。

まるで、『折紙』という入れ物の中身が、一瞬にして入れ替《か》えられてしまったかのような様子である。外見は一切《いっさい》変わっていないのだが、心なしか、先ほどより髪が長く見える気さえした。

「お、折紙……さん？」

「はい、なんですか？」

折紙が、可愛《かわい》らしく小首を傾げる。

「ええと、念のためいくつか質問しますけれど……士道さんのこと、どう思っておられまして？」

「え……っ？」

狂三の質問に、折紙が頬を赤らめた。

「い、五河くんのことって……いや、あの、どうって言われても困ります。五河くんはただのクラスメートですし、私が変なこと言ったら、迷惑《めいわく》がかかるかもしれないし……」

その反応に、狂三は「くっ」とたじろいだ。

「な、なんてヒロイン力ですの……先ほどまでと同一人物とは思えませんわ……！　まさかとは思いましたが、やはり……！」

「ど、どういうことだ、狂三！」

十香が問うと、狂三は苦しげな様子のまま答えた。

「このオーラ……11巻の、士道さんが世界改変に成功したあとの折紙さんですわ！」

「な……なんだと!?」

十香は驚愕の声を上げた。確かに、世界改変後の折紙は、それまでの折紙とは異なる性格をしていた。だが人格が統合されてからは、雰囲気《ふんいき》こそ柔《やわ》らかくなったものの、従来の折紙寄りの人格に落ち着いたものだと思っていたのだ。

そんな十香たちの考えを察してか、折紙が躊躇《ためら》いがちに唇《くちびる》を動かす。

「あの……なんか、ごめんなさい。私のわがままで迷惑をかけちゃったみたいで。でも、今の私なら、きっと五河くんもイチコロです。皆さんは安心して、ヒロイン枠《わく》から退《ひ》いてください。大丈夫《だいじょうぶ》、五河くんはきっと私が幸せにしてみせます」

『……!?』

しかし。折紙の言葉に、皆は目を見開いた。穏《おだ》やかな口調で、何やら不穏《ふおん》な台詞《せりふ》が発された気がしたのだ。

皆の様子に気づいたのか、折紙がハッと肩《かた》を揺《ゆ》らす。

「えっ、えっ？　私今、何か変なこと言いました……？」

そして、本当に自分が何を言ったのかわからないといった様子で慌《あわ》てふためいた。

『…………』

しばしの無言のあと。狂三がコホンと咳払《せきばら》いをする。

「やはり折紙さんは、今回評価対象外ということで」

『異議無し』

狂三の言葉に、皆が一斉《いっせい》に手を上げた。

「……さて、では今度こそ、評定に移りますわ」

全員の講評を終え、狂三が静かにテーブルを見回す。皆が一斉に（一部例外もいたが）ごくりと息を呑《の》んだ。

「ここでの決定は非常に大きな意味を持ちますわ。具体的には、本編12巻からの皆さんのポジションが決定されますの。ヒロイン残留が決まった方はこれまでどおり。人員整理の対象となってしまった方は、先ほどわたくしが提案したポジションで頑張《がんば》っていただきますわ」

カツ、カツと靴音《くつおと》を響かせながら、狂三が皆《みな》の前をゆっくりと歩いていく。

精霊《せいれい》たちは、祈《いの》るように手を合わせた。

「むう……セントバーナードか……」

「スナック『オアシス』……」

「都知事選は嫌《いや》よ、都知事選は……」

「さすがにヤマイダーはキツいでしょ……」

「首肯《しゅこう》。ですが夕弦たちが落ちるはずがありません」

「私は別にどちらでも構いませんけどー」

「……私はいいから、四糸乃が残れますように……」

「なぜ私が評価対象外なのか理解に苦しむ」

皆の呟《つぶや》きを順に聞きながら、狂三が馬蹄《ばてい》形のテーブルの中央で足を止め、皆の方に身体《からだ》を向けた。

「――では、発表いたしますわ。今回、『デート・ア・ライブ』に、ひいては士道さんに必要と判断されたヒロインは──三名ですわ！」

『……！』

発された言葉に、緊張《きんちょう》が走る。

三名。今ここにいるのは、狂三を除いて八名。つまり、五名は脱落《だつらく》してしまうということである。

十香は、きゅっと目を閉じた。──ヒロインというのがどういうものであるべきか、だなんてことは、実のところ十香にはよくわかっていない。だが、士道と一緒《いっしょ》にいたい。それだけは嘘《うそ》のない気持ちだった。

だが、ヒロインであり続けられるのはたったの三名。あまりに少なすぎる。

もし仮に自分が残れたとしても、それは同時に、この中の誰《だれ》かが脱落してしまうということなのだ。それを考えると、十香は心臓がぎゅうと締《し》め付けられるような気持ちになった。

ヒロインでいたい。だが──そのために皆を蹴落《けお》とすような真似《まね》はしたくない。それに、心優《やさ》しい士道は、この中から一人でも欠けてしまったら悲しむのではないだろうか。

一体どうしたらよいのか。そもそもなぜ、こんなことになってしまったのか。十香は次々と去来する思いに、泣き出してしまいそうになった。

──だが。時は残酷《ざんこく》に過ぎる。

狂三が、残留決定ヒロインの発表を始めた。

「まず一人目は──」

ごくり、という、精霊たちが息を呑む音が辺りに響《ひび》く。

「──わたくし、時崎狂三ですわー！」

『……は？』

やたら元気のよい狂三の発表に、精霊たちは間の抜《ぬ》けた声を発した。

しかし狂三はそんな皆の反応に気づいているのかいないのか、上機嫌《じょうきげん》そうに発表を続けた。

「二人目は──わたくし（分身体A）！」

狂三の宣言に合わせて、影《かげ》の中から狂三の分身体が現れる。先ほど、狂三と十香にアイスキャンディを持ってきた個体である。

「そして最後の三人目は──わたくし（分身体B）ですわ！」

再び、影の中から分身体が出てきた。どうやらこちらは、七罪の口を塞《ふさ》いだ個体のようである。

『…………』

精霊たちが、無言で細く息を吐《は》く。

だが三人勢揃《せいぞろ》いした同じ顔の少女たちは、それに気づくことなくキャッキャとはしゃぎ始めた。

「うふふ、さすがですわね、わたくし」

「あらあら、わたくしこそ」

「さあ、ではこれからは、わたくしたちが『デート』を支えていこうでは――」

と。狂三の一人が、言葉の途中《とちゅう》で声を止める。

恐《おそ》らく、そこでようやく気づいたのだろう。

――テーブルに着いていた精霊たちの周りに、濃密《のうみつ》な霊力のオーラが生じていることに。

「あらー……？」

「皆さん、どうされまして？」

「可愛いお顔が台無しですわよ？」

『――ふ・ざ・け・る・なっ！』

精霊たちの怒声《どせい》が重なる。

同時に、彼女たちの身体《からだ》に纏《まと》わり付いた濃密な霊力が幾重《いくえ》にも折り重なり、徐々《じょじょ》に実像を帯びていった。

或《ある》いは鎧《よろい》に。或いは外套《がいとう》に。或いは和装に——それぞれ異なった装《よそお》いが、精霊たちの身体を覆《おお》った。

霊装。精霊を守る絶対の盾《たて》であり、城。しかも限定的なものではなく、手加減なしのフルパワー版である。

そして、それでもなお収まりを知らぬ霊力が、彼女たちの手に、最強の天使を顕現《けんげん》させる。

「じ、冗談《じょうだん》ではありませんの。皆さん、落ち着いて——」

「〈鏖殺公《サンダルフォン》〉——【最後の剣《ハルヴァンヘレヴ》】！」

「〈氷結傀儡《サドキエル》〉——【凍鎧《シリヨン》】……！」

「〈灼爛殲鬼《カマエル》〉——【砲《メギド》】！」

「〈颶風騎士《ラファエル》〉——」

「呼応。【天を駆ける者《エル・カナフ》】！」

「〈破軍歌姫《ガブリエル》〉——【行進曲《マーチ》】！」

「〈贋造魔女《ハニエル》〉——【千変万化鏡《カリドスクーペ》】！」

「〈絶滅天使《メタトロン》〉――【砲冠《アーティリフ》】」

「き、きゃぁぁぁぁぁぁぁぁぁぁッ⁉」

天使の集中砲火《ほうか》によって目映《まばゆ》く照らされた影の中に、狂三の悲鳴がこだました。

初出

April9

四月九日

「ヒロインたちをデレさせろ!?」キャンペーン文庫0巻

NURSE A LIVE

ナース・ア・ライブ

「プレゼントして、デレさせること!?」キャンペーンブックレット

Bathtime RINNE

凜祢バスタイム

「デート・ア・ライブ 凜祢ユートピア」限定版特典スペシャルブック

Conference SPIRIT

精霊カンファレンス

書き下ろし

富士見ファンタジア文庫

デート・ア・ライブ マテリアル

平成27年3月25日　初版発行

編者——ファンタジア文庫編集部
原作——橘《たちばな》　公司《こうし》

発行者——郡司　聡
発行所——株式会社KADOKAWA
http://www.kadokawa.co.jp/

企画・編集——富士見書房
http://fujimishobo.jp
〒102-8177
東京都千代田区富士見2-13-3
電話　営業　03(3238)8702
　　　編集　03(3238)8585

印刷所——旭印刷
製本所——本間製本

※定価はカバーに表示してあります。
落丁・乱丁本は、送料小社負担にて、お取り替えいたします。KADOKAWA読者係までご連絡ください。(古書店で購入したものについては、お取り替えできません)
電話 049-259-1100 (9：00～17：00／土日、祝日、年末年始を除く)
〒354-0041 埼玉県入間郡三芳町藤久保550-1

ISBN978-4-04-070548-4 C0193

第29回 ファンタジア大賞
原稿募集中！
賞金
大賞 300万円
最強に面白い作品、
待ってるわよ！
選考委員
第17回受賞
第17回受賞
第20回受賞
葵せきな×石踏一榮×橘公司
「生徒会の一存」「ぼくのゆうしゃ」
「ハイスクールD×D」
「デート・ア・ライブ」
×ファンタジア文庫編集長
締め切り
第29回 前期 2015年8月末日
後期 2016年2月末日
「空戦魔導士候補生の教官」
著：諸星悠　イラスト：甘味みきひろ（アクアプラス）
投稿＆速報最新情報
ファンタジア大賞WEBサイト http://www.fantasiataisho.com/
富士見ラノベ文芸大賞も同サイトで募集中